Schwindel. Gefühle.

眩晕

[德] 温弗里德·塞巴尔德 著 | 徐迟 译

W.G. Sebald

GUANGXI NORMAL UNIVERSITY PRESS
广西师范大学出版社
·桂林·

XUAN YUN
眩晕

出 品 人：刘春荣
责任编辑：梁桂芳
助理编辑：何虹霓
装帧设计：山川 at 山川制本

图书在版编目（CIP）数据

眩晕 /（德）温弗里德·塞巴尔德著；徐迟译. —桂林：广西师范大学出版社，2021.4（2024.9 重印）
ISBN 978-7-5598-3628-1

Ⅰ. ①眩… Ⅱ. ①温… ②徐… Ⅲ. ①长篇小说一德国一现代 Ⅳ. ①I516.45

中国版本图书馆 CIP 数据核字（2021）第 029254 号

广西师范大学出版社出版发行
（广西桂林市五里店路 9 号　邮政编码：541004
网址：http://www.bbtpress.com）
出版人：黄轩庄
全国新华书店经销
深圳市精彩印联合印务有限公司印刷
（深圳市光明新区白花洞第一工业区精雅科技园　邮政编码：518108）
开本：787mm × 1 092 mm　1/32
印张：6.75　　字数：106 千字
2021 年 4 月第 1 版　　2024 年 9 月第 5 次印刷
定价：59.00 元

Schwindel. Gefühle.

眩晕

[德] 温弗里德·塞巴尔德 著｜徐迟 译

W.G. Sebald

GUANGXI NORMAL UNIVERSITY PRESS
广西师范大学出版社
·桂林·

目　录

贝尔，或爱之奇异事实

一八〇〇年五月中旬，拿破仑带着三万六千人穿过大圣伯纳德山口，这在当时几乎是一件不可能完成的任务。在将近十四天内，一支由军士、牲畜和物资组成的漫长队伍从马蒂尼出发，途经奥西耶尔，穿过昂特勒蒙山谷，然后沿着一条看似永无止尽的盘道上到海拔两千五百米以上的山口，在那里战士们不得不用挖空的树干拖曳着沉重的炮筒，走在半被冰雪覆盖、半是裸露的岩架上。

在翻越阿尔卑斯山这一传奇行动的参与者中，亨利·贝尔[1]是少数名字没有被遗忘在历史长河中的人。当

1 法国作家司汤达的原名。

年十七岁的他目送着令他深恶痛绝的童年与少年时代的结束，怀揣着些许热情开始了——如我们知道的——将会带他辗转于整个欧洲大陆的军旅生涯。在奇维塔韦基亚逗留期间，五十三岁的贝尔写下过一部试图重温那段苦难岁月的手记，它真切地展示了记忆的种种困难。有时，过去在他的脑海中只留下灰蒙的虚影；而有时，无意中想到的图景又格外清晰，连自己都难以相信它们是可靠的，比如他记得自己在马蒂尼，在辎重队前进的道路左侧，见过马尔蒙将军穿着国务委员的皇室蓝和天蓝色长袍，而且正如他向我们保证的，每当他闭上双眼，回忆起当时的情景，他依然能看到，尽管贝尔很清楚，马尔蒙当时穿的肯定是将军的制服，而非国务委员的蓝色长袍。

声称因为此前接受的是一种完全本末倒置，只注重培养市民技能的教育，所以当时他的体质与一名十四岁少女无异的贝尔还写道，他受路旁大量的马尸以及蜿蜒前进的部队遗留下来的其他废弃物冲击，以至于如今已无法准确地记得当时是什么令他吃惊。在他看来，仿佛是那些印象用自身之中的暴力抹消了自身的存在。因而下面的这张素描只应被视为一种辅助手段，贝尔尝试借此回忆起自己随着大部队，冒着炮火来到巴德要塞及附近的村庄时发生的事情。

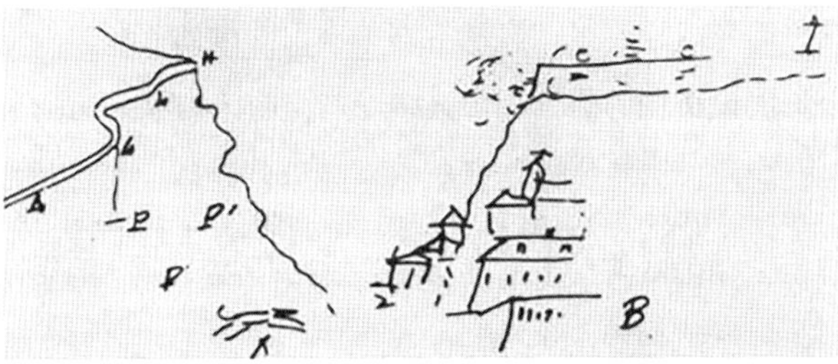

B 为巴德村。右边高地上的三个 C 表示要塞的大炮，它们向陡坡 P 上方的山路的 LLL 点开火。谷底的 X 是在极度恐慌中从山路上无可挽回地跌坠的马匹；H 则是亨利，叙述者本人所在的位置。当然，当贝尔站在那个位置的时候，他不会如此看待眼前的一切，因为在现实中，我们都知道，一切总是迥然不同。

另外，贝尔还写道，一个人记忆中的图像即便再逼真，也只能信其几分。恰如登山前马尔蒙将军在马蒂尼的英姿，在克服了旅途中最艰难的部分后紧接着的从山口高处下山的路，以及在晨曦的映衬中敞开胸怀的圣伯纳德山谷同样给他留下了无法磨灭的印象。彼时他完全无法移开他的视线，他学会的头几个意大利单词——这里到伊夫雷亚有多少英里[1]以及坏女人——反复掠过脑际，这是几天前为他提供住宿的神父教给他的。贝尔写道，多年来，他一直坚信自己能记住这场旅途中的所有细节，尤其是伊夫雷亚镇从大约四分之三英里外，在已经开始褪色的光线中，第一次呈现到他面前的画面。在山谷慢慢扩展成平原的地方，伊夫雷亚就坐卧于略微偏右的位置，而左边，在遐远处耸起座座高山，就是后来对他来说意义重大的莱科雷塞贡内峰，远处背景中的大概是罗莎峰。

贝尔写道，几年前翻阅旧报纸时，他偶然发现一幅名为《伊夫雷亚概貌》的版画。这让他失望不已，且不得不承认，他记忆里沐浴在暮光中的小镇不过是这幅版画的复制品。所以贝尔建议，千万不要购买刻有旅途中领略过的风光或远景的版画，因为不需多久，它们就将取代我们曾有的记忆，是的，你甚至可以说，它们会将之摧毁。比如就算绞尽脑汁，他依然想不起在德累斯顿见过的美妙绝伦的《西斯廷圣母》，因为米勒[2]为它所作

1 若无特别说明，本书仿宋部分原文为意大利语。

2 此处当指为拉斐尔的《西斯廷圣母》制作铜版画的德国版画家约翰·弗里德里希·米勒。

的铜版画早已将其遮蔽。然而，同一画廊中门斯[1]的那些蹩脚的色粉画却一直教他记忆犹新，他在任何地方都找不到它们的临摹品。

在伊夫雷亚，宿营的部队占据了所有的房屋和公共场所，贝尔设法将自己和与他一起进城的比雷尔维莱尔上尉安顿在一家印染厂的仓库，那里堆满各种各样的圆桶与铜罐，空气中弥漫着奇特的酸味。贝尔刚下马，就得先抵御一群掠夺者的进犯，他们正企图把门和百叶窗从铰链上卸下，扔进他们在院子中央生起的篝火中。不单单因为这一抵御行为，再加上近日来发生在他身上的一切，贝尔感觉自己已然是个成年人了。在冒险精神的驱使下，他不顾饥饿与劳累，也不顾上尉的劝阻，动身前往剧院，因为他从好几份公告中得知，当晚奇马罗萨[2]的歌剧《秘婚记》将在那儿上演。

贝尔的幻想早已因无处不在的异象而激动不已，现在又被奇马罗萨的音乐翻搅。单是第一幕，秘密结婚的保利诺和卡罗琳娜充满忧惧的二重唱——亲爱的，不要怀疑：若天非不仁，我们会得到怜悯——响起的时候，他已经相信自己不仅是在简陋的木板戏台上，更来到了

1 安东·拉斐尔·门斯（1728—1779），德国画家，新古典主义艺术代表人物。

2 多米尼科·奇马罗萨（1749—1801），意大利喜剧作曲家，代表作《秘婚记》写于1792年。

那个听觉迟钝的博洛尼亚商人家中，怀里抱着他最年幼的女儿。他的心弦被拉得如此紧，以至于随着演出的进行，泪水好几次模糊了他的双眼。离开剧院时，他坚信扮演卡罗琳娜的女演员——他确定自己察觉到她不止一次特意把目光停留在他身上——能够给予他这部歌剧所许诺的幸福。无论这位女高音歌手在与花腔中更难的部分搏斗时略微向外翻转的左眼，还是她右上方缺掉的犬齿，都无法干扰他；相反，正是这些瑕疵使他欣喜若狂。他现在知道该去何处寻找幸福了：不是在巴黎，他在格勒诺布尔的时候一度以为幸福就在那里；也不是在多菲内的群山之间，他在巴黎的时候好几次渴望去那里；而是在这里，在意大利，在音乐声中，在这样一名女演员的面前。即便第二天早上，当他们动身离开伊夫雷亚，策马前往米兰，上尉拿剧院女演员们可疑的德行开了不少淫亵的玩笑，他的这份信念都没有减少半分。他感到激动正从内心漫溢至初夏辽阔的风景中，而无数树木新鲜的绿叶从四面八方向他致意。

一八〇〇年九月二十三日，在抵达米兰大约三个月后，此前一直在卡萨博瓦拉区的共和国大使馆办公室从事文书工作的亨利·贝尔被分配到龙骑兵第六团，军衔为少尉。行头齐全所需的购买，很快就花完了他的积蓄，因为鹿皮马裤、从天灵盖到后颈处都用修剪整齐的马鬃

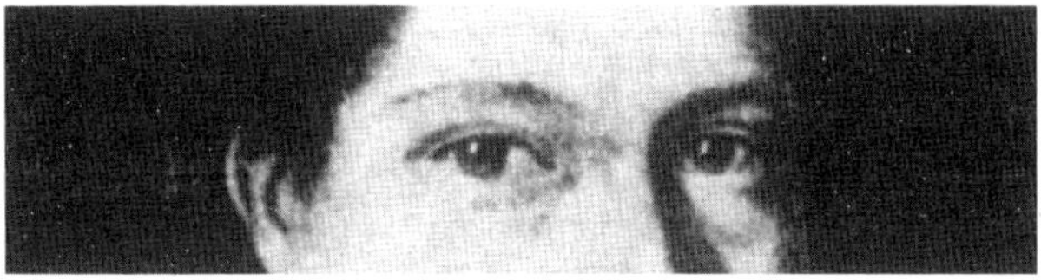

装饰的头盔、马靴、马刺、皮带扣、胸带、肩饰、纽扣以及军衔徽章的花费远远超过了他平时的必要开支。自然，当现在的贝尔看着自己在镜中的仪表，甚或认为在米兰女人的眼里感知到自己的映像时，他觉得自己仿佛换了个人，仿佛他终于成功地甩掉了敦实的身体，仿佛高高的刺绣衣领拉长了他过短的脖子；连那双离得过远、让他常常因此被戏称为“中国人”[1]并为之懊恼的眼睛，也突然显得更加英勇，更靠近某个想象中的中点。这个穿上制服后勃起的十七岁半的龙骑兵四处乱逛了好几天，终于鼓起勇气，甩掉了自己从巴黎一路带来的童贞。至于那个帮助他完成这项任务的坏女人的名字或脸孔，他后来再也记不得了。那种强烈的感觉，他写道，抹去了他身上对此所有的记忆。在接下来的几周里，贝尔是如此投入他的学徒期，以至于事后追忆，他对世界的进入都被他在这座城市妓院的流连弄得模糊不清，甚至还没到年底，他已开始承受感染带来的病痛，并接受了水银

1 原文为法语。

与碘化钾的治疗。不过，这并没有阻碍他同时培养一种抽象得多的激情；他渴念的对象是安杰拉·彼得拉格鲁娃，他的战友路易·茹安维尔的情妇。然而，她偶尔才向这个年轻而丑陋的龙骑兵投去混杂着同情与嘲弄的一瞥。

直到十一年后回到睽违已久的米兰，再次拜访难以忘怀的安杰拉，这时贝尔才鼓起勇气向她倾诉自己高尚的感情，而她几乎都不记得他了。被这位古怪追求者的热情弄得无所适从的安杰拉，为了化解紧张的局面，提议一同前往西莫内塔庄园旅行，那儿的回音很有名，能让一记枪声回响五十次。然而这一拖延策略并未奏效。在贝尔向她展露的近乎疯狂的雄辩面前，西莫内塔女士——贝尔自那时起就如此称呼安杰拉·彼得拉格鲁娃——最终不得不屈服。不过，她还是成功地让他保证，在得到她的垂幸后，必须即刻离开米兰。贝尔毫无异议地接受了这一条件，当天就离开了让他念念不忘的米兰，不过他并没有忘记在裤子的背带上记下他这次征服的时间：九月二十一日上午十一点半。当这位永远在路上的旅行者又一次坐在驿车上，美丽的风景掠过他身边，他不禁自问，是否还能再一次赢得这样的胜利。夜幕降临时，如今他早已不再陌生的忧郁再度悄然而至，与一八〇〇年年底第一次为他带来持久痛苦的那种罪恶感和自卑感极其相似。整个夏天，马伦哥大捷带来的狂喜仿佛为他插上了双翼；阅读情报员对意大利北部战役的连续报道让他难以自拔；还有露天表演、舞会与灯饰。而当第一次被允许穿上制服的这天到来，他觉得自己的生命终于归入一个完美或至少是追求完美的体系，在这个体系中，美丽与恐怖精确地结合在一起。然而，深秋带来了忧郁。

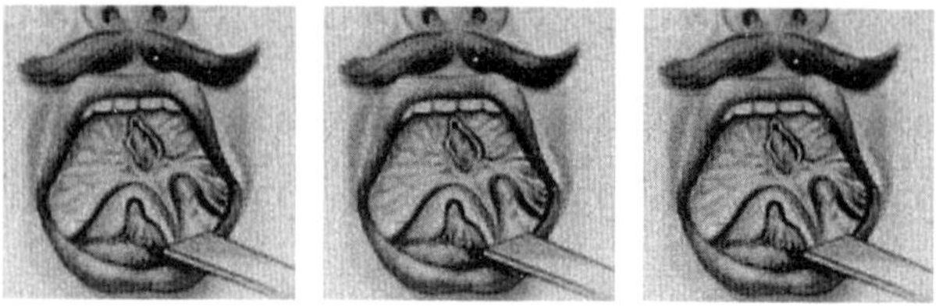

守备部队的任务压得他越来越喘不过气，安杰拉似乎也未把他放在心上。疾病发作，他一次次地对着镜子检查口腔与喉咙深处的炎症和溃疡，以及大腿内侧的红疹。

新世纪伊始，贝尔在斯卡拉大剧院再次观看《秘婚记》，虽然戏剧的布景十分完美，扮演卡罗琳娜的女伶也非常漂亮，但他无法像在伊夫雷亚时那样，把自己代入其中，与表演者在一起。相反，现在的一切都离他过于遥远，以至于这音乐，正如他确定自己能感受到的，几乎让他心碎。演出结束时，雷鸣般响彻整座歌剧院的掌声，在他听来就像毁灭的最后一幕，像一场大火发出的噼啪声，他久久待在座位上，仿佛被大火会将他吞噬的希望麻醉。他是最后几个离开的客人之一，从衣帽间出来时，他侧过头向镜中的自己瞥了一眼，第一次向自己提出一个在接下来的几十年内一直困扰着他的问题：是什么让一个作家毁灭？这对他来说似乎尤为重要，鉴于这些情况：在这个值得纪念的夜晚过去几天后，他在一份公报上读到当月十一日，奇马罗萨在威尼斯创作他的新歌剧《蒿》时突然死了。一月十七日，《蒿》在威尼斯的不死鸟大剧院首演，获得了巨大成功。随后，奇怪的流言开始流传，说曾卷入那不勒斯革命活动的奇马罗萨是卡罗琳娜皇后命人毒死的。也有人猜测，奇马罗萨是在那不勒斯的一座监狱里被折磨致死的。这些让贝尔频频梦见最近几个月里发生的一切以最可怖的方式混杂在一起的谣言极其顽固，即便在特别安排了对奇马罗萨的验尸，由教皇私人医生宣布死因是坏疽后，依然没有消除。

这些事件发生后，贝尔花了很长时间才稍微平静下来。整个春季，他一直受发烧与胃痉挛之苦，部分用金鸡纳树皮，部分用吐根和一种含碳酸钾与锑化物的软膏治疗，身体却每况愈下，以至于他不止一次认为自己末日已至。直到初夏，他的恐惧，以及相伴随的寒热和可怕的胃疼才逐渐消失。刚有所恢复，贝尔就开始参观近年来大规模战争发生的地方。除了在巴德接受过一次战争的洗礼，他还没有打过别的仗。他一次次地穿梭于，如他意识到的，已变得和他的心非常亲近的伦巴第地区，而远处，灰与蓝彼此分离成越来越精致的色带，最后消融于地平线上某种类似高山烟岚的东西。

如此，在一八〇一年九月二十七日的清晨，从托尔托纳出发的贝尔在一片广袤而寂静的原野上停下脚步——耳边只能听到云雀飞入天际时的细响——去年牧月[1]的二十五日，也就是他提到的十五个月又十五天前，马伦哥战役在此打响。战役的决定性转折点来自克勒曼率领的骑兵的猛烈冲击，在似乎败局已定之时，在落日余晖中一举撕开奥地利主力军的侧翼。对此贝尔已借助数不尽的描述有深入了解，他自己甚至也时常在脑海中为之增添各种色彩。然而现在，他俯瞰这片原野，看到的是孤立的枯树，是丧命于此的将近一万六千名士兵与四千匹马的尸骨散落在辽阔大地上，有些早已泛白，发出夜露的光。他脑海中携带的战斗画面与此刻

1 牧月是法国共和历的第九个月。一般对应公历的5月20日至6月18日。

在他眼前铺开的战争真实发生过的证据之间的差异，让他陷入了一阵前所未有的令人眩晕的迷惑。或许正是这个原因，在战场立起的纪念柱给他留下了一种，借他的说法，极其平庸[1]的印象。它的破落既不符合他对马伦哥战役之惊心动魄的想象，也与此刻他仿佛一名行将入土者般孑立其中的巨大尸场不相称。

后来回想起马伦哥战场上的那个九月天，贝尔时常觉得自己当时似乎已经预见了未来的岁月、所有的战役与灾难，甚至是拿破仑的失势与流放，而他仿佛在那一刻幡然醒悟，他没有在部队里大展宏图的可能。无论如何，就在那个秋天的几周内，他下定决心要成为所有时代最伟大的作家。然而，拿破仑帝国开始覆灭时，他仍没有走出实现这一野心关键的一步。直到一八二〇年春，他才真正在文学领域有所突破：《论爱情》一书是他对充满希望却又痛苦不堪的过往岁月作出的某种总结。

一八一八年三月，如往常一样频繁往返于法国与意大利之间的贝尔，在米兰的一家沙龙里，结识了沙龙女主人梅蒂尔德·登博夫斯基·维斯孔蒂尼。二十八岁的梅蒂尔德嫁给了一位比她年长将近三十岁的波兰军官，是个忧郁的大美人。有大约一年的时间，贝尔都是盖林

1　原文为法语。

广场与贝尔焦约索广场边那几幢房子的常客。他的沉默而审慎的热情几乎就要赢得她的芳心，但正如他后来亲口承认的，他犯下了一个无法弥补的过错[1]，亲手粉碎了自己的希望。

事情是这样，梅蒂尔德要前往沃尔泰拉探望她在圣米凯莱修道院学校就读的两个儿子，而贝尔无法忍受即使只是几天见不到她的日子，便乔装跟随。他无论如何都无法从脑海中抹除在梅蒂尔德离开米兰前夕对她的最后一瞥。她弯下腰在自家的门厅调整鞋子，他周围的一切突然都消失了，在深沉的晦暗中，他仿佛透过飘散的烟尘，看到她身后展开了一片红色的沙漠。这一异象让他陷入了恍惚，然后他便在这一状态中，着手伪装自己。他买了一件崭新的黄色上衣、一条深蓝色长裤、一双黑色的漆皮靴、一顶特别高的天鹅绒帽，以及一副绿色的眼镜，并穿戴着它们在沃尔泰拉闲逛，试图至少在远处尽可能地多看梅蒂尔德几眼。起初贝尔以为自己没被认出来，但随后他带着更大的满足发现，梅蒂尔德向他投来了意味深长的目光。他为自己别具一格的安排而庆幸，一直哼唱着自编的曲调“我是你隐秘而熟悉的陪伴”[2]，不

1 原文为法语。

2 原文为法语。

知为何，这句话对他来说显得格外新颖。然而不难想象，梅蒂尔德觉得贝尔弄的这一出有损她的名声，当他莫名其妙的行为最终变得过于惹她心烦，她给他送去一张干巴巴的便条，相当突然地断了他成为她情人的念想。

贝尔伤心欲绝。几个月来他反复责备自己，直到下定决心将这段激情变成一本关于爱情的追思录时，他才重新找到精神的平衡。在他的写字台上，为了纪念梅蒂尔德，摆放着她左手的石膏模型，这是他在惨败前不久设法得到的——幸亏，他时常在写作时这样想。这只手现在对他来说几乎与梅蒂尔德本人一样重要，无名指略微弯曲的弧度尤其唤起了他迄今未曾经历过的强烈情绪。

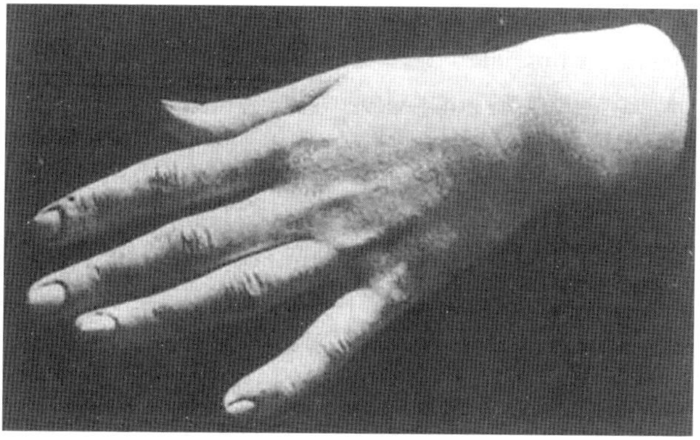

《论爱情》描述了一场作者自称从博洛尼亚出发的旅行，陪伴他的是某个盖拉尔迪夫人，他有时只称她为吉塔。

在贝尔后来的作品中，这个吉塔在边角上出现过好几次，与其说神秘，不如说是一个幽灵般的人物。有理由怀疑这是贝尔为他的几位情人，比如阿代勒·勒比费尔、安格林·贝雷耶特，尤其是梅蒂尔德·登博夫斯基起的代号，而盖拉尔迪夫人，贝尔在某处写到她的生平可以轻易地构成一部小说，尽管文献资料俱在，其人却从未真正地存在过，而只是一个贝尔后来忠实几十年的幻象。此外也不清楚贝尔会是在什么时候与盖拉尔迪夫人一同出游，如果他真的作这样一次旅行。不过，鉴于故事开头几页写了不少有关加尔达湖的内容，可能他是把一八一三年九月他在意大利北部湖区疗养时的一些经历写进了与盖拉尔迪夫人同游的纪行中。

一八一三年秋天，贝尔沉浸在一种哀歌似的心境中。前一年冬天，他在俄国参加了那场可怕的撤军，之后被委以行政事务，在西里西亚的扎甘度过了一段时间，盛夏时生了一场重病，神智一再被莫斯科大火的画面与攀登施奈考普福山（就在高烧前他曾如此计划）的景象搅乱。一次又一次，贝尔发现自己在高山之巅，与世隔绝，被狂风中横向飘动的雪旗与屋顶冒出的火焰团团包围。

康复后的他来到意大利北部休养时，感受到一种虚弱与静谧，这让他以一种全新的目光看待周遭的自然，以及自己持久涌动着的对爱情的渴望。一种奇异的、从未有过的轻松感占据了他，正是对这种轻松感的回忆，贯穿着他在七年后记叙的那趟可能只是在他脑子里进行的、连旅伴可能也纯属想象的旅行。

故事始于博洛尼亚某个七月的第一个礼拜，确切年份已无从知晓，酷暑实在令人难耐，贝尔与盖拉尔迪夫人遂决定花几周时间在山上呼吸更加清冽的空气。他们昼休夜行，穿过艾米利亚－罗马涅的丘陵地区，穿过曼托瓦笼罩着硫磺蒸汽的沼泽地，以在第三天早上抵达加尔达湖畔的代森扎诺。在他的一生中，贝尔写道，他从未像当时那样，如此深切地感受到这些水体的美丽与孤独。由于暑热难当，他与盖拉尔迪夫人的傍晚在湖中的一叶轻舟上度过，在令人难忘的寂静中，他们见到了夜幕降临时最不可思议的色彩渐变。其中一个傍晚，贝尔写道，他们谈起了幸福。盖拉尔迪夫人坚称，爱，就像大多数其他文明的赐福，是一头喀迈拉[1]，我们越渴望它，就离自然越远。到了我们只在另一个身体中寻找自然的程度，我们就背离了它，因为爱是一种用自己发行的货币偿还债务的激情，一桩虚假的交易，就实现自身的幸福来说，甚至和贝尔在摩德纳购入的修剪鹅毛笔的工具一样作用甚微。她补充说，贝尔写道，您难道认为彼特

1　希腊神话中的一种狮头、羊身、蛇尾的怪物。

拉克[1]不幸福只是因为他从来没能品尝到咖啡吗？

此次谈话过去几天后，贝尔与盖拉尔迪夫人再次踏上旅程。由于加尔达湖上的微风在午夜时分自北吹向南，黎明前的几个小时却又从南吹向北，所以两人先沿岸边向北骑行，在半途的加尔尼亚诺坐上一艘小船，于天明时分抵达小港里瓦，那儿已有两个男孩坐在码头堤岸上玩骰子。贝尔让盖拉尔迪夫人注意一艘笨重的旧船，主桅杆上方的三分之一已折断，棕黄色的帆皱巴巴的，似乎刚停靠码头不久，两个身穿缀银扣深色外衣的男子正抬着一副担架上岸，那一大块饰有流苏和花纹图案的绸布下面显然躺着一个人。盖拉尔迪夫人对这一幕深感不悦，坚持要即刻离开里瓦。

越深入山区，他们周边的环境就越清凉，越绿意盎然，这让在家乡的夏天饱受浮尘之苦的盖拉尔迪夫人十分欣喜。里瓦那件阴郁的事在像影子一般几次掠过她的脑际后，很快就被忘却，让位于一种高昂的情绪。出于纯粹的欢愉，她甚至在因斯布鲁克买了一顶蒂罗尔宽边帽，就像我们从表现霍夫[2]起义军的插画中看到的那种，

1　弗兰齐斯科·彼特拉克（1304—1374），意大利学者、诗人，被誉为“人文主义之父”，有过一段长达二十余年的暗恋，他为暗恋对象劳拉写下的情诗后被整理为《歌集》。

2　霍夫原是旅店老板、牧师，在第五次反法同盟时期作为蒂罗尔起义的领导者反对拿破仑对奥地利的入侵，后遭到逮捕并被处决。

还说服本想返回的贝尔一起沿着因河河谷往下，经施瓦茨与库夫施泰因到达萨尔茨堡。在那里待的几天，两人并没有错过参观大名鼎鼎的哈莱因盐矿地下画廊的机会，那儿的一名矿工还送给盖拉尔迪夫人一根枯枝作为礼物，上面布满数以千计的结晶，当它们重见天日时，太阳的光线被折射出缤纷的光泽，贝尔写道，恰如灯火通明的舞厅的光线，照在被绅士们领着转圈的女士们佩戴的钻石上。

将死去的树枝变为一件真实奇观这一漫长的结晶过程，在贝尔看来，如他特别指出的，寓喻了爱情在我们的灵魂盐矿中的生长。他花了很久说服盖拉尔迪夫人相信这个比喻。然而，盖拉尔迪夫人并不准备牺牲那天感动她的充满孩子气的幸福，去与贝尔一起探究这一她讥

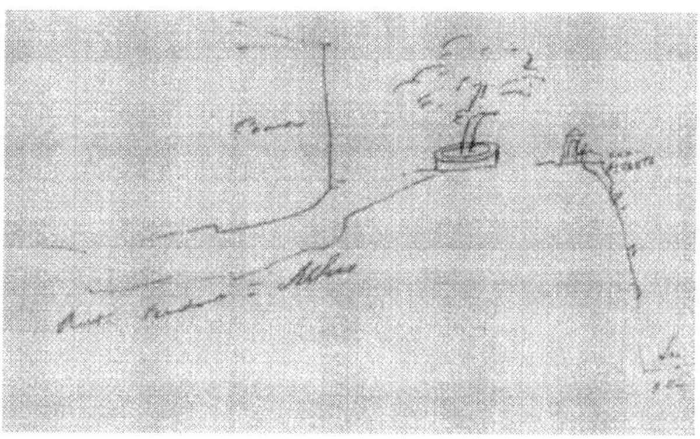

之为无疑非常美的譬喻背后更深层的含义。贝尔从中看到了他在寻找一位红颜知己时一再突然出现的困难，而且他说，那时他意识到，即便自己付出最非比寻常的努力也无法克服它们。他从而提出了一个将在今后数年占据这位作家的书写的母题。大约一八二六年，在能远眺到阿尔巴诺湖的方济各会守规派修道院的花园中，此时将满四十的他独坐在被两株秀木荫蔽和一弯矮墙环绕的长椅上，用他这时总是随身携带的手杖，慢慢地在尘土上描画旧情人名字的首字母，仿佛在给他的生命书写神秘的符文。这些首字母分别代表维尔日妮·库布里、安杰拉·彼得拉格鲁娃、阿代勒·勒比费尔、梅拉妮·吉尔贝、米娜·德格里斯海姆、亚历山德里娜·珀蒂、安热莉娜（我从未喜爱过的[1]）·贝雷耶特、梅蒂尔德·维斯孔蒂尼，代表克莱芒蒂娜、朱莉娅，还有他记不起名字的阿聚尔夫人。就好像他已不再理解这些如今已变得陌生的名字，他写道，在写《论爱情》时他似乎最终也

1　原文为法语。

没能明白，为何每当他试图让盖拉尔迪夫人相信爱情时，她不是忧郁作答就是尖刻回应。然而让贝尔格外受伤的是，当他不甘心地接受了盖拉尔迪夫人的哲学理由，她却如经常发生的那样，将某种真实的价值归于由盐的结晶唤起的爱的幻象。这时他被突然意识到的自身的欠缺以及一种严重的被忽视感吓到了。这样的情况在他们一起前往阿尔卑斯山旅行的那个秋天发生过一次，贝尔极其清晰地记得，当时两人在莱茵瀑布附近骑马，谈起画家奥尔多弗雷迪所受的失恋之苦，这是当时全城的话题。贝尔那时还没有放弃赢得盖拉尔迪夫人芳心的希望，她向来很喜欢他机智的谈话，可是他突然被一阵巨大的恐惧攫住，当她开始——完全是在自言自语地，他这么觉得——说起一种生活中无物可与之相比的神圣的幸福，并将画家形容成一个可怜的外国人时，他由此可能更多的是想到他自己而不是奥尔多弗雷迪。此后他让自己的马离盖拉尔迪夫人的马越来越远，我说过，反正她可能只存在于他的脑海中，他们就这么走完离博洛尼亚还剩下的三英里路，再没有互换一词。

一八二九至一八四二年间，贝尔写下了几部伟大的小说，同时也一直饱受梅毒症状的折磨。吞咽困难、腋窝肿胀以及睾丸萎缩带来的疼痛尤其让他受尽苦楚。已然成为一个一丝不苟的观察者的他详尽记录下了自己健

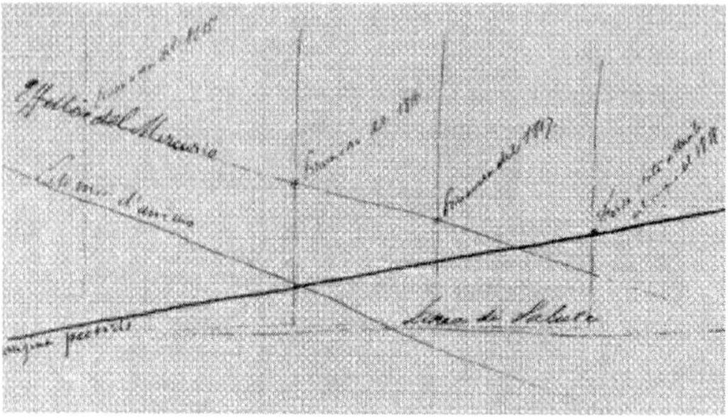

康情况的波动，终于注意到，他的失眠、眩晕、耳鸣、心率不齐，以及有时严重到连刀叉都拿不住的震颤，与其说与疾病本身有关，毋宁说是他多年服用的剧毒物质所致。慢慢停止服用水银与碘化钾后，他的状况有所好转，但他察觉到他的心脏开始逐渐衰竭。照着经年累月的习惯，贝尔现在越来越频繁地以密码的形式来计算自己的

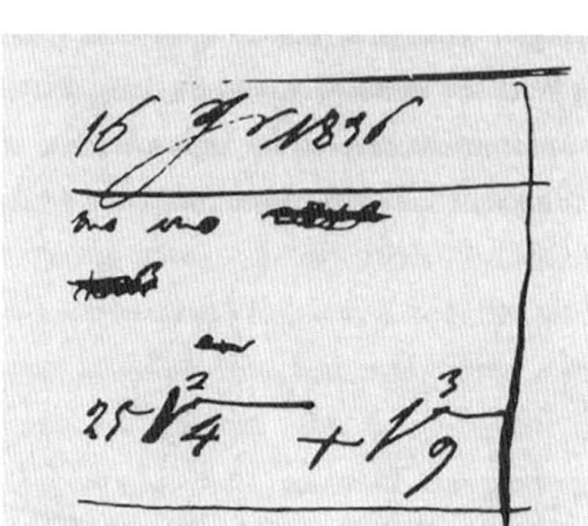

寿命，这些形式在其潦草的、不祥的抽象之中似乎蕴藏着死亡的信息。

当他草草写下上面这张难以辨读的数字便条时，还有六年最艰苦的工作将他和他的终点隔开。一八四二年三月二十二日傍晚，早春已来到空气中，脑溢血突发的他倒在卡皮西纳街的人行道上。在被送回如今位于达尼埃尔－卡萨诺瓦街的公寓后，他意识未再恢复，于翌日清晨过世。

海　外*

一九八〇年十月，在英国一个总是灰云密布的郡居住了将近二十五年后，我来到维也纳，希望地点的变换能帮我度过那段特别困难的岁月。然而我到了维也纳之后马上就发现，不再被早已习惯的写作与园艺工作填满的日子变得无比漫长，我真的不知该去哪里。每天我一大早就出门，在利奥波德城、内城与约瑟夫城之间无止尽地转悠，后来检视地图时我讶异地发现，我走过的路从未超出过一个轮廓精确的镰刀或新月形区域，尖端分别为普拉特斯特恩广场后面的威尼斯绿地和阿尔瑟格伦德区的大医院。如果有人重走我当时走过的路，或许会觉得自己仿佛是在这个规定区域中一遍又一遍地尝试新的捷径与僻路，为的是在到达理性、想象力或意志力的边缘后不得不回头。我这种通常持续数小时的城市穿梭有着非常明确的界限，可我从来没有明白地意识到自己当时行为的不可理喻，不论是不断地行走，还是无法跨越那条看不见的，而且我现在依然必须认为十分任意的界线。我只知道我甚至不可能搭乘公共交通工具，比如仅仅是跳上41路电车去珀茨莱因斯多夫，或是坐58路电车去美泉宫，然后像过去我常常做的那样，在珀茨莱因斯多夫公园、多萝提亚森林或雉园散一整天步。我去

---

* 原文为意大利语“All'estero”。

咖啡馆或酒吧倒没什么特别的问题。确实，每当我稍加注意饮食，休息得当，我都有一种短暂恢复正常的感觉。在这种被少许信心鼓舞着的痊愈感中，有时我认为自己可以用一通电话轻松地结束已持续数日的失语。然而碰巧的是，我或许想要与之交谈的那三四个人永远都不在那头，无论我让电话铃声响多久。一个人在一座陌生的城市中徒劳地拨打电话时，心头会涌上一种特殊的空虚。如果没有人愿意接电话，这种失望的意义将无边无际地延展，仿佛这个数字游戏真成了生死攸关之事。所以接下来我还能做什么，当机器吐出的叮当作响的硬币再次回到我的口袋，只得漫无目的地在外面游荡到深夜。可能是由于过分疲劳，我经常看到某个我认识的人走在我前头。这些幻觉——因为确实不是别的——都是关于我多年没有想起过的、可以说早已作古的人。我还看见那些铁定已不在尘世的人，比如玛蒂尔德·泽洛斯和独臂的村书记员菲尔古特。有一次，在贡扎加街，我甚至以为自己认出了被判火刑、逐出故乡的诗人但丁。在很长一段时间里，明显比其他行人高出许多，但完全不被注意的他离我只有几步之遥，头上戴着熟悉的防风帽，然而当我加快脚步想要赶上他时，他拐进了海因里希街，待我追到拐角处时，他已经不见了。在这样的冲动过后，一股模糊的焦虑开始涌上心头，我感到了一阵恶心和眩晕。我尝试捕捉的画面失去了轮廓，我的思想在我还未能确切地把握之前就瓦解了。当我不得不倚靠着墙壁甚至躲到门道里，虽然有时担心会陷入瘫痪或脑疾发作，我却想不出任何其他抵御的方法，除了一直行走到深夜，直到筋疲力尽为止。那次在维也纳度过的约莫十天里，除了咖啡馆与小饭店，我哪儿也没进去，什么也没看，也没和任何人交流，除了侍者外。我只与市政厅前方绿地上的寒鸦聊了很多，如果我没有记错，还有一只白首乌鸫，它同寒鸦们一起来吃我的葡萄，我叫它则纳鸟[1]。长时间在公园长椅上逗留，漫无目的地在城市中游荡，连餐馆也越来越想避开，于是在供顾客站着吃的快餐店前，把肚子问题解决，或者干脆就吃些纸包着的东西——所有这一切已经开始改变我，我却并未意识到这一点。我身上的尘埃越来越多，肮脏的迹象变得明显，这与我仍然住在酒店里这一事实日益矛盾。我开始用一个从英国带来的塑料袋装各种无用之物，我无法向自己承认，我一天比一天更离不开这些东西。当我深夜远足归来，把包环抱在胸前，在酒店大堂等待电梯的时候，我可以感受到夜班门房质疑的目光久久地落在我的后背。我再也不敢开房间里的电视，我不知道自己能否走出这

1　则纳鸟（Senavogel），一种奥地利传说中的鸟。

种颓势，如果不是有一天夜晚，当我坐在床边缓慢地脱衣服，震惊地发现自己的鞋子内部已彻底稀烂。我的喉咙被扼住，而我的双眼模糊，正如那天之前有一次发生过的，当那段穿越利奥波德城的长途步行终于带我穿过费迪南德大街，跨过瑞典桥，回到第一区，站在鲁珀特广场上。在那栋容纳着犹太会堂和一家洁食餐馆的建筑的二楼，犹太人社区中心的窗户大敞——因为那是一个异常美好的、几乎像仲夏一般的秋日——里面那些看不见的孩子正不可思议地唱着英文版的《铃儿响叮当》和《平安夜》。唱着歌的孩子们和此刻这双破烂的，而且在我看来，已被遗弃了的鞋子。成堆的雪与鞋——我脑子里带着这些词躺下。第二天早晨，从深沉无梦的，哪怕是环城公路上汹涌的车流声都无法打扰的睡眠中醒来时，我仿佛已经在夜间缺席的数小时里穿过了一片辽阔的水域。睁眼之前，我看见自己正从一艘大渡船的舷梯上走下来，我的双脚一踏上坚实的地面，我便决定乘夜车前往威尼斯，不过在这之前，我得和恩斯特·赫贝克[1]在克洛斯特新堡待一天。

恩斯特·赫贝克自二十岁起就一直患精神疾病。

1 恩斯特·赫贝克（1920—1991），奥地利诗人，20 岁时患精神分裂，几乎在精神病院度过了一生。

一九四〇年他第一次被送进诊所。在这之前，他一直在一家军工厂当小工。突然间，他几乎吃不下饭，也睡不着觉。他整宿都醒着躺在床上，靠对着自己数数，将他的身体维系在一起。家庭生活，尤其是他父亲尖刻的思维，用他自己的话说，分解了他的神经。结果他丧失了自控能力，吃饭时把盘子打翻在地，或者把汤倒在床底下。偶尔，他的状态会好转一阵子。一九四四年十月，他甚至被征召入伍，但又在一九四五年三月退役。战争结束一年后，他第四次，也是最后一次被送入精神病院。他

在维也纳街上的夜游引发了不安，而他向警方提供的信息颠三倒四。一九八〇年秋，在度过了三十四年的医院生活后——其中大部分时间他都被困在自己狭隘的思想中，仿佛透过遮在眼前的细网观察一切——赫贝克试着从病中退役。现在他住在城中的一家养老院，在住客中间并不引人注目。当我在九点半左右到达院门口时，他已经站在通往入口的台阶顶上等着了。我在街道的另一头向他示意，他立即举起手臂表示欢迎，而且走下台阶时，手臂依然伸着。他身穿一套格纹呢西装，翻领上佩着一枚徒步旅行徽章，头上则戴着一顶小小的软毡帽，随后当天气变得太热，他就把它摘下来捏在手里，我祖父夏天散步时也常这么做。

经我提议，我们坐火车前往多瑙河上游几公里处的阿尔滕贝格。我们是车厢里仅有的两名乘客。窗外的洪泛平原上，是柳树、杨树、桤树和梣树，小园圃和小屋。偶尔能看到河水。恩斯特任这一切一掠而过，一言不发。从开着的车窗透入的微风吹拂着他的前额。他的眼睑半闭，盖住了那双大眼睛。我突然想起“休假”这个稀奇的字眼。休假日，假日气候。去休假。在休假。休假。一生之久。到达阿尔滕贝格后，我们沿着公路往回走了一小段，然后向右拐，爬上一条阴凉的小路，来到了格赖芬施泰因堡。这座中世纪古堡，不仅在我的幻想中，

而且在今日依然生活在山脚下的格赖芬施泰因人的幻想中，都扮演着重要的角色。我在六十年代末第一次登上格赖芬施泰因堡，曾在观景餐厅的露台上俯瞰夜幕降临

时分波光粼粼的河水和多瑙河畔的洪泛平原。在这个明亮的十月天，当恩斯特与我并肩坐着，欣赏这美妙的风景，一片蓝色的薄雾悬浮在延伸至城堡墙垣的树叶海洋上方。气浪穿过树梢，几片脱离的叶子找到了上升气流，高高升起，渐渐地消失在我们的视野之外。恩斯特的思绪有时飘得非常远。他的叉子笔直地插在糕点上有几分钟之久。其间有一次，他提到他以前收藏过邮票，奥地利的、瑞士的和阿根廷的。然后，他又默默地抽了一支烟，当他掐灭烟头时，似乎在为他逝去的整个人生感到讶异，他重复了一遍“阿根廷的”这个或许对他来说太具异域色彩的词。那个上午，我想，并不缺太多，我们本都将学会飞行，或者至少我会学会，为了能体面地坠落。可我们总是错过最适宜的时机。需要补充的是，格赖芬施泰因的风景也与从前不一样了。城堡下方建了一座大坝，河道已被改直，现在所提供的景象是记忆力将无法长久抵抗的。

我们步行回去。这条路对我俩来说都太漫长。沮丧的我们在秋阳中并肩走着。克里岑多夫的房屋似乎没有

尽头。路上看不到一个本地人。他们都坐在桌边吃午饭，刀叉和盘子发出碰击声。有条狗扑到一扇漆成绿色的花园铁门上，完全失去自控，仿佛发了疯。这是条高大的黑色纽芬兰犬，它温和的天性被虐待、长久的孤独或者玻璃般澄澈的天气毁了。栅栏后的别墅中没有一丝动静。没有人来到窗前，甚至连窗帘都没有动一下。在一次次冲向栅栏的尝试中，这只动物只是偶尔停下来，眼睛直直看着好似被施了咒般愣住的我们。我往铁门上安的白铁信箱里投了一个先令作为灵魂的祭品。继续往前走时，我感觉到四肢因恐惧而打着冷战。恩斯特又驻足回头去看那条黑狗，它已不再吠叫，木然站在正午的阳光下。我们或许应该把它放出来。它可能会温顺地随我们一同漫步，而附在它身上的邪灵或许会在克里岑多夫人中寻找别的宿主，同时进入所有克里岑多夫人的身体里，让他们再也举不起勺子或叉子。

穿过阿尔布雷希特街，我们终于回到克洛斯特新堡。街道的上方尽头伫立着一幢由空心砖与赫拉克利特牌[1]预装板拼凑起来的荒楼。底层的窗户被用木板钉住。屋顶完全不见，代之以铁锈斑斑的支柱杂乱地刺向天空。此情此景，让我觉得仿佛目睹了一桩情节严重的罪行。为

1　奥地利建材品牌，创建于 1908 年。

了避免看见这座可怕的遗迹，恩斯特加快了脚步。几栋房子之外，小学里的孩子们正在唱歌。最美妙的要数那些无法跟上旋律起伏的歌声。恩斯特停下，向我转过身，仿佛我们都在舞台上，他像背台词般说出一个在我看来很久以前就记在心底的句子：这回荡在空气中的声音可真美，让人振奋。——大约两年前，我就在这所小学的门口停留过一次。当时，我和奥尔加一起来克洛斯特新堡探望她被送进马丁街养老院的祖母。在回去的路上，我们无意中走入阿尔布雷希特街，奥尔加没能抵制住诱惑，坚持要去她读过的小学看看。在其中一间她曾

于五十年代初待过的教室里，同一位女教师依然在用与几乎三十年前一样的声音上课，依然与当时一样，告诫孩子们不要开小差，不要交头接耳。独自站在偌大的门厅，四周是一度让她觉得很高大的紧闭的门，奥尔加，如她后来告诉我的，突然不受控制地恸哭起来。无论如何，当她再次回到阿尔布雷希特街，在那儿等着的我发现，她沉浸于一种我此前从未见过的痛苦中。我们动身返回她祖母位于奥塔克灵[1]的公寓，一路上和整个晚上，她都没能从与过去的不期而遇中恢复过来。

圣马丁老人院建于十七或十八世纪，是一座狭长的巨型建筑物。奥尔加的祖母安娜·戈尔德施泰因纳患有严重健忘症，很快就无法料理哪怕最基本的日常事务。她被安置在五楼的一个大寝室里，透过装着栅栏的、深嵌在墙内的窗户，向下可以望见大楼后侧陡坡上的树冠，仿佛在看一片波涛起伏的大海。而大陆，在我的眼里，已经沉入地平线以下。雾笛嗡嗡鸣响。船在水面渐行渐远。机电室传来涡轮均匀的振动声。个别乘客从外面的走廊经过，有的靠在护工的胳膊上。对于这些颤颤巍巍的乘客来说，从门道的一边到另一边之间，隔着一个永恒。

1 维也纳第十六区，位于市中心以西，介于环形大道与维也纳森林之间，东邻约瑟夫城。

是啊，要是一个人倚着时间之流站着。镶木地板在我的脚下移动。房间里充满了低沉的呢喃声、窸窣声、拖着脚走路的声音，以及祈祷和呻吟。奥尔加坐在祖母身边，抚摸着她的手。粗粒小麦粥已派发完毕。雾笛再次响起。外面咫尺之处，如丘陵般起伏的碧波中又驶过一艘蒸汽船。一名水手双腿叉开站在船桥上，帽檐上的丝带在风中飘扬，手中挥舞着两面彩旗，用旗语发送着复杂的信号。奥尔加与祖母拥抱告别，保证很快就会回来看她。但还不到三周，这位惊讶地发现自己到头来连已故的三位丈夫姓甚名谁都记不清的安娜·戈尔德施泰因纳，就因一场轻微的感冒离开了人世。有时，死确实很容易。得知她死讯后的几个星期里，我仍无法忘记她位于奥塔克灵洛伦茨－曼德尔街住宅区的公寓里，藏在水槽下面的那包从伊舍温泉买来的、已用掉一半的蓝色浴盐——她再也用不完了。

我与恩斯特走得疲乏，便离开阿尔布雷希特街，拐进坐落于略有倾斜的平原上的城镇广场。在正午耀眼的日光下，我们在人行道边观望了很久，然后才像两个异乡客试图穿越小镇地狱般的车流，差点被一辆装载砾石的卡车碾到。一走到街道的阴凉侧，我们就躲进一间小酒馆。刚一进门，习惯了室外强光的我们被一团起初无法看透的黑暗包围，不得不在距离最近的那张桌子旁坐下。渐渐地，当我们从短暂的失明中恢复过来一些，其他客人的身影才显现在朦胧中，有的深弓着腰凑在盘子前，有的古怪地笔直坐着或斜靠在椅背上，但我注意到，他们毫无例外都是独自一人，如同一场沉默的集会，只有女侍者的影子穿梭其间，仿佛在客人与客人、客人们与肥胖的酒馆主之间来回传递着密信与低语。恩斯特决定什么也不吃，而是点起我递给他的一支香烟。他带着某种赞赏，几次转动着手中印着英语说明的烟盒。他老练而深沉地吸着烟。这烟，他曾在一首诗中写道：

是一种垄断，必须
抽。这样它才会
在火中上升。

在喝了第一口啤酒后，他放下杯子，说昨晚梦见了英国童子军。于是我向他说起英格兰，说起我居住的那个位于英格兰东部的郡，那些在秋天就会变为一望无际的棕褐色荒原的辽阔麦田，那些由海潮驱动的溪流，以及洪水一再降临时，人们如何像古老的埃及人那样坐着小舟在田地间穿行。恩斯特怀着耐心的淡漠听完了这一切，如同早就熟知我说的每一个细枝末节。接着，我请他在我的笔记本上写些什么，他毫不犹豫地从上衣口袋掏出圆珠笔，左手按住打开的纸页，把头侧向一边，额头的皮肤向上紧皱，眼皮低垂，写道：

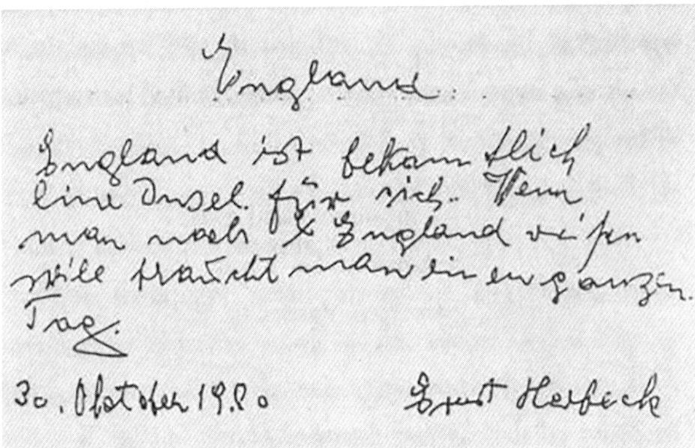

England:

England ist bekanntlich
eine Insel für sich. Wenn
man nach England reisen
will braucht man einen ganzen
Tag.

30. Oktober 1980 Ernst Herbeck

（英格兰。众所周知，英格兰本身是一座岛屿。去英格兰旅行需花一整天。一九八〇年十月三十日。恩斯特·赫贝克。）

然后我们起身离开。离阿格内斯养老院已经不远。分别时，恩斯特举起帽子，踮着脚，微微弯腰，在转了一圈后戴上，以此作为自己的退场，整套动作将孩童的嬉戏与高难度的艺术技巧融为一体，让我想起他早上迎接我的样子，想起一个跟随马戏团巡演多年的人。

从维也纳前往威尼斯的火车旅行几乎没有在我的记忆中留下任何痕迹。在大约一个小时里，我看着大致朝这座大都市边缘的西南方向蔓延的灯火旋转着掠过，直到终于在火车速度的安抚下入睡，在维也纳无休无止的徒步穿行之后，这种速度对我来说仿佛一剂镇痛药。而就在那次睡眠中，当外面的一切早已沉入黑暗，我见到了此生都无法忘怀的画面。画面的下半部分几乎被正在到来的夜色覆盖。一个女子推着婴儿车，沿着田间小路向几座房子走去，其中有一间破旧的酒吧，山形墙的下方用大写字母标着名字：约瑟夫·耶利内克。房顶上方耸立着森林密布的圆锥形山峰，黑色锯齿状的轮廓线仿佛是被夜光切割出来的。而在最高处，施内山[1]的峰顶发光透亮，火焰喷射，火花四溅地插入天空最后的余晖之中，最奇异的灰粉色云层在它的周围浮动，云层之间是冬星[2]与一轮新月。在梦里我毫不怀疑这座火山就是施内山，正如我深信我即将迎着闪亮的毛毛雨升于其上的土地是阿根廷，一片无边无际的深绿牧场，有着一座座树岛与无数的马驹。当我感觉火车早已以平稳的速度绕出

1 下奥地利州最高的山，海拔 2076 米。

2 冬星出自美国作家厄休拉·勒古恩 1969 年的科幻小说《黑暗的左手》，是一颗气候寒冷、生存条件严苛的行星，当地居民为双性同体，在每个月一次的发情期随机分化为男性化或女性化状态。

山谷，此刻正冲出大山，向下方的平原飞奔时，我才醒过来。我拉下窗户。雾的碎片朝我猛扑。我们正以惊险的速度向前疾驶。大量蓝黑色的岩石呈尖锐的楔形向车身靠近。我探身出去，徒劳地寻找着山顶。黑暗而狭窄的裂谷变得开阔，在几乎牢不可破的黑夜里飞溅出白沫的山涧与瀑布是如此近，以至于它们冰冷的气息让我的脸部颤抖起来。弗留利[1]，我突然反应过来，并立即想到弗留利几个月前才遭到过破坏。破晓的曙光一点点地将垮塌的山体、滚落的巨石、毁损的建筑、成堆的碎石瓦砾，还有隐隐约约散落各处的小帐篷村展现在面前。整个地区几乎没有一盏灯亮着。从阿尔卑斯山谷飘来的云低低地在荒凉的土地上空伸展，在我的想象中与一幅我时常长时间观摩的提埃坡罗[2]的作品结合。画中的平原小镇埃斯特受到瘟疫重创，表面看起来却安然无恙。背景是一座峰顶冒着烟的山脉。弥漫在画面中的光线仿佛是透过一层灰烬的面纱画出来的。观看者几乎相信，就是这种光把人们驱出城镇，带到开阔的田野，在那儿蹒跚地徘徊了一阵之后，终于被体内携带的瘟疫彻底击倒。画的正中前方躺着一位死于瘟疫的母亲，怀里抱着她还活着

1　意大利东北的一个区，与奥地利接壤。

2　乔瓦尼·巴蒂斯塔·提埃坡罗（1696—1770），意大利巴洛克及洛可可时代的著名画家，文中提到的作品为《圣德克拉将埃斯特城从瘟疫中解放》。

的孩子。跪在左边的是正为镇上居民代祷的圣德克拉[1]，她的脸庞向上，朝着在空中穿行的众天使，并在我们想要仰望时，告诉我们头上正发生着什么。圣洁的德克拉，为我们祈祷吧，让我们摆脱一切传染人的瘟疫以及突如其来的死亡，把我们从所有毁灭的企图中仁慈地拯救出来。阿门。

当我在圣卢西亚火车站的理发店快速剃完胡子后步入车站的前广场，秋日清晨的潮气依然笼罩着房屋与大运河。货物满载到水面接近吃水线的驳船从旁边驶过。它们轰鸣着从雾中出现，犁过肉冻般的绿波，随后又消失在白色的雾霭中。舵手们笔直地站在船尾，一动不动。他们的手放在舵柄上，直视前方，每一个人都象征着对真相的随时准备，我这么思忖着，从运河走道走回宽阔的广场，沿着有运河流过的西班牙使馆街往上，一直穿过卡纳雷吉欧运河，在很长一段时间里仍为自己赋予这些船员的意义所触动。任何走进这座城市中心的人，永远不知道接下来会看到什么，或者自己在下一刻会被谁看见。刚正式亮相，他就已经从另一个出口离开了舞台。这些简短的暴露，简直有一种充满戏剧性的色情，又带着一种阴谋的意味，卷入其中的人并未被要求但也非自

1　德克拉，基督教会早期的圣人，相传为使徒保罗的女门徒。

愿。如果你在一条通常空无一人的小巷中走在别人后面，那么你只需稍稍加快脚步，就可以让被你追赶的人如芒在背。反之，你也很容易感觉到自己成了一个猎物。困惑与冰冷的恐惧交替出现。因此，当我在贫民区高大的房屋之间走了近一个小时，再次在圣马库拉附近看见大运河时，总算是松了一口气。我像通勤的当地人那样匆匆忙忙地登上了一辆水上巴士。这时雾已经散了。在离我不远处的一张面向后方的长椅上，坐着，或者几乎可以说瘫着一个穿着破旧的绿色罗登呢大衣的人，我立刻认出是巴伐利亚国王路德维希二世。他老了许多，也瘦了许多，而且正颇为古怪地与一位侏儒似的女士用上流社会那鼻音浓厚的英语交谈，但其他的一切都是对的：病态苍白的脸，睁得大大的孩子气的眼睛，一头波浪状头发，还有那口蛀牙，路德维希二世国王，毫无疑问。很可能，我想，他是走水路来到这该死的威尼斯狗屎破城。下船后，我们沿着斯基亚沃尼滨河大街一路走下去，我看到他那防水罗登呢随风飘荡的身影越变越小，不仅因为他离我越来越远，更因为他不停地说着话时，身子越来越躬向他那确实极为矮小的女伴。我没有跟着两人，而是在河畔的小酒吧里喝早咖啡，读《威尼斯公报》，为一篇关于路德维希国王在威尼斯的论文做笔记，翻阅格里尔帕策[1]一八一九年写的《意大利旅行日记》。这本书是我还在维也纳时买的，因为旅行时，我经常能与格里尔帕策产生共鸣。与他一样，没有什么能使我愉快，每一个景点都让我无限失望，我经常觉得，还不如揣着地图与列车时刻表窝在家里。哪怕是总督宫，格里尔帕策也只给予了极为有限的尊重。尽管拱廊与塔楼建得非常考究，他写道，但总督宫整体的形态不雅，让他想起一条鳄鱼。至于为何他会想到这个类比，他自己也不知道。在这里通过的决议必定是神秘、坚不可摧、不可动摇的，他说，并称这座宫殿是一个石制的谜。这个谜的本质显然是恐惧，因为只要身在威尼斯，格里尔帕策就无法摆脱一种可怕的感觉。这个法律专家不断地思考着这座曾作为司法当局所在地的宫殿，在它最深的洞穴里，格里尔帕策称，孵化出了无形的原则。那些已故的人，迫害者与受迫害者、杀人犯与被害人都蒙着头出现在他面前。这个极度敏感的穷公务员不禁像发热病一样打寒战。

其中一位遭到威尼斯司法迫害的人，便是贾科莫·卡萨诺瓦[2]。他的《我从威尼斯共和国所谓的铅室监狱逃离

1　弗朗茨·格里尔帕策（1791—1872），奥地利剧作家、诗人。

2　贾科莫·卡萨诺瓦（1725—1798），意大利冒险家、作家，18 世纪享誉欧洲的大情圣，一生中有不计其数的伴侣。

的故事，1787 年写于波希米亚的杜赫佐夫》[1] 一七八八年在布拉格首次出版，充分展示了那个时代刑事司法系统的独创性。例如，卡萨诺瓦描写了一种绞具：受刑者背对着墙，头被推入固定在墙上的马蹄形支架里，直到支架半卡住脖子；一条丝带缠住脖子，然后连到一个绞盘，由仆从慢慢转动，直至受刑者最后一次抽搐死去。这个刑具就设置在总督宫铅制屋顶下的牢房里。卡萨诺瓦被带到那里时已经三十岁。一七五五年七月二十六日清晨，执达官走进他的房间，命他立刻站起来，交出自己或别人写的所有东西，穿上衣服跟他走。卡萨诺瓦写道，"法庭"这个词让我彻底瘫软，身体只剩下服从命令所必需的自由。他机械地梳洗一番，穿上最好的衬衫和一件刚做好的新上衣，仿佛要去参加婚礼，而片刻之后，他就置身于长六寻[2]、宽二寻的宫殿阁楼。他被带去的那间牢房长宽各四米，低矮到让他无法直立，而且里面一件家具都没有。墙上固定了一块一英尺宽的木板，既是桌子又是床，他放上他漂亮的丝绸斗篷、在如此不吉利的场合下初次穿的新上衣，还有那顶装饰着西班牙式花边与白鹭羽毛的帽子。囚室里酷热难当。透过格栅，卡萨诺

1 原文为法语。

2 古时长度单位，即两臂伸直的长度，约合 1.82 米。

瓦发现野兔那么大的老鼠在阁楼上乱窜。他走到窗腰边往外探，只能看到很小的一块天空。他以这个姿势一动不动地待了八个小时。他说，他一生中嘴里从未尝过更苦涩的滋味。忧愁拽着他不愿松手。大伏天来了。他大汗淋漓。两周没排便。当坚硬如石的粪便出来时，他写道，疼痛几乎要了他的命。卡萨诺瓦思考起人类理性的限度。他认为，虽然一个人被逼疯的情况很少见，但绝大多数时候，这并不需要太多条件，只要一个细微的改变，一切就不再是原来的样子。在反思中，卡萨诺瓦将清醒的头脑比作不会自行碎裂的玻璃。不过它又是多么易碎。只需一次错误的举动。因此，他决定冷静下来，以期尽可能学会理解自己的处境。这一点很快就变得清楚：这个监狱里的囚犯都是有身份的人，但他们必须与社会隔离，原因只有阁下们知道，而且不向被囚禁者透露。当法庭抓捕一个人的时候，它就已经确信他是个罪犯。毕竟，维持法庭运作规则的元老们是从最有能力、最具美德的人当中选出来的。卡萨诺瓦明白他将不得不接受这一事实，即现在正确的标准是共和国的司法体系，而非他个人的正义感。他在入狱之初一度幻想过的复仇——唤醒民众，推翻政府和贵族——是行不通的。很快他就准备原谅发生在他身上的不公，只要最终能放他出去。

而且他发现他可以与权力达成一定程度上的和解。他可以取得一些日常必需品和食物，还有几本书，费用由自己承担。十一月初发生的里斯本大地震引起的海啸远袭至荷兰。卡萨诺瓦看见，他禁闭室窗前一根最沉重的屋顶托梁旋转了起来，然后又回到原来的位置。他无从得知自己是否被判无期徒刑，彻底放弃了被释的希望。现在他一门心思想着逃狱，算上一次严重的失败，足足准备了一年。因为如今被允许每天在堆放杂物的阁楼上来回散步一会儿，他设法得到了一些对他的计划有用的东西。他还发现了一摞旧册子，上面记载着上个世纪的审判记录，其中有对不当利用赎罪规定的告解神父的指控，有对犯鸡奸罪的小学校长的习惯的细述，还充斥着最不寻常的犯罪情节，可以说是为了帮法律职业人士消除疲劳才如此描绘。正如卡萨诺瓦从这些老旧册页中发现的，该市孤儿院少女失贞的情况特别严重，其中有一家孤儿院的姑娘们天天去斯基亚沃尼滨河大街离铅室不远的圣母访亲堂[1]参拜，向画着三主德的天顶画高声叫喊，在卡萨诺瓦被捕后不久，提埃坡罗完成了这幅画的最后润色。

---

1 圣母马利亚领报的同时得知她的表姐依撒伯尔也已怀孕六个月。马利亚闻讯前往依撒伯尔家向她道贺，圣约瑟当时也陪伴在侧。该教堂为纪念此事而建造。

毫无疑问，正如后来的时代，当时的司法裁决大部分与情欲的规制有关，而不少在铅制屋顶下慢慢死去的羁押犯想必都是欲壑难填者，他们的渴求将他们一次次驱使到同一个点。

到了被监禁的第二年秋天，卡萨诺瓦已准备就绪，可以考虑越狱了。时间是有利的，因为审判官们那几周要前往陆地，而只要上司一离开，看守洛伦佐一般都喝得酩酊大醉。为了确定准确的日期与时刻，卡萨诺瓦乞灵于卢多维科·阿里奥斯托《疯狂的奥兰多》一书，用类似维吉尔卦[1]的占卜手法算了一卦。他先写下那个让他关心的问题，接着把从这些单词中得出的数字排成一个倒金字塔，再为每组数字减去9，如此操作三次，答案就在《疯狂的奥兰多》第九章第七节第一行里：*十月底与十一月初之间*。精准到时刻的这条谕令对卡萨诺瓦来说是决定性的指针，他坚信在如此不寻常的巧合之中，必定有某种连最明智的头脑也无法触及的法则在起作用，因此他遵从了。卡萨诺瓦试图以显然是随机的单词和数字游戏来探索未知的行为，促使我往回翻看起自己的日历，不禁讶异，事实上是惊慌地发现，一九八〇年，我

1　维吉尔卦（Sortes Virgilianae）的具体操作方法是：当一个人需要咨询上天时，打开古罗马诗人维吉尔的《埃涅阿斯纪》，第一眼看到的那行诗就是神的旨意。

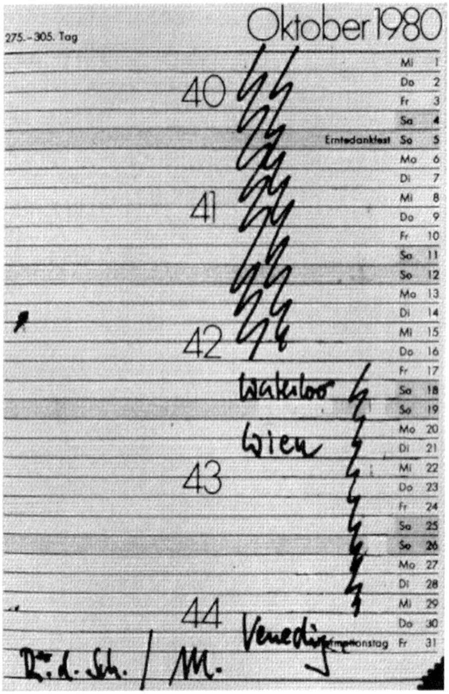

坐在斯基亚沃尼滨河大街那家位于圣母访亲堂与达尼埃利旅馆之间，因而也就离总督宫不远的酒吧里阅读格里尔帕策日记的那一天，正是十月的最后一天，在多年前的这一天，更确切地说，是这天夜晚，卡萨诺瓦嘴里说着“然后我们走出去，凝视群星”[1]，从那条鳄鱼的铅制盔

1　出自但丁《神曲·地狱篇》。

甲中挣脱。而我自己，在十月三十一日的那个傍晚，吃过晚饭后又回到河边的酒吧，跟一个名叫玛拉基奥的威尼斯人聊天，他曾在剑桥大学学习天体物理。我很快发现，他看待一切事物，不止星星，都是从最远的距离外。大约午夜时分，我们坐上他停在外面码头边的小船，沿着大运河的龙尾，驶过火车站与特龙凯托岛，来到一片开阔的水域，那儿可以望见对面梅斯特雷炼油厂绵延数英里的灯光。玛拉基奥关掉了发动机。小船随波起伏，在我看来，时间过去了很久。在我们的前面，是我们这个世界日渐寂灭的辉光，仿佛一座天上城，让人看不够。由碳创造的生命奇迹，我听见玛拉基奥说，在火焰中上升。引擎再次发动，船头从水中抬起，我们绕了一个大弯驶入朱代卡运河。我的向导一言不发地指着朱代卡以西的无名小岛上的市政焚烧炉。白色烟幕下，一座死一般寂静的混凝土建筑。我问它是否在夜间都这么烧着，玛拉基奥回答：是的，继续烧。一直烧下去。这里的火永不熄灭。斯塔基面粉厂进入我们的视线，一座在十九世纪用数百万块砖砌成的工厂，它用百叶窗瞪着朱代卡运河对面的海滨车站。这栋建筑大到可以容纳好几座总督宫，让人不禁好奇里面是否真的只研磨谷物。正当我们驶经耸立在黑暗中的立面，月亮从云层后出现，流光映照着三角楣饰左侧下方的金色镶嵌画，画中是一位捧着一捆麦穗的女性收割者，在流水与石头的景观之中，形象显得极为古怪。玛拉基奥告诉我，他近来常常思考复活，想弄清楚我们的肉与骨将由天使带入先知以西结的视界中究竟是什么意思。他没有找到答案，但问题对他来说就已经足够。面粉厂消失在黑暗中，圣乔治堂的塔楼与安康圣母教堂的圆顶映入眼帘。玛拉基奥驾船将我送回旅馆。再没什么可说的。船靠岸。我们握了握手。我已站在岸上。海浪拍打着长满毛茸茸的苔藓的石头。船在水中掉了个头。玛拉基奥再次挥手，喊道：耶路撒冷见。到了更远的地方，他又大声重复了一遍：明年耶路撒冷！我穿过旅馆的前院。万籁俱寂。所有人都睡了。就连夜班门房都已离开岗位，如同给自己入殓一样，进入传达室后面的小开间，躺在一张床腿高得出奇的窄铺上。信号测试图在电视机里轻轻颤动。只有机器意识到睡眠是不被允许的，我这么想着，上楼走进自己的房间，疲倦很快也战胜了我。

在威尼斯醒来与在其他任何地方醒来都不同。白昼悄然而至，只有零星的叫喊，卷起百叶窗金属片的碰撞声，或鸽翼的拍打声。我心想自己已经多久没有像这样躺在旅馆的房间里了，无论在维也纳、法兰克福还是布鲁塞尔，我都没法这般双手交叉枕在头底下，躺在寂静中，而是带着清醒的恐慌，聆听着此前数小时就已从我身上碾过的车流的轰鸣。所以这就是新的海洋，我一遍遍地想着。海浪无休无止地在城市的每个地带翻腾，越腾越高，声音也越来越大，在噪音达到峰值时以一种谵妄的方式倾覆成碎浪冲向沥青与砖石，而与此同时，新的海浪已经从交通灯处的堤坝奔涌而出。多年以来，我得出一个结论，生命正从这喧嚣中诞生，而这些我们的后来者将会逐渐摧毁我们，正如我们摧毁在我们之前很久就存在的东西。在这个万圣节的清早，我感受着笼罩在威尼斯城上空的寂静，它完全不真实，仿佛要被立刻撕成碎片。白色的空气从半开的窗户涌进房间遮盖住一切，使我宛如躺在一片雾海的中央。我生命中最初的九年在W村度过，那里的万圣节与万灵节也总是笼罩在最浓的雾气中。村民们无一例外地穿上黑衣，走到他们前一天布置好的坟墓前，除去夏季的种植物，拔掉野草，耙平砾石路，把烟灰混进泥土里。在我的孩提时代，似乎没有什么比这两日更有意义的了，在这纪念圣洁的殉道者与可怜的灵魂之痛苦的两天里，村民们古怪地驼着背的黑暗身影在雾中行走，仿佛被赶出了自己的家园。但尤其触动我的还是每年都要品尝的万灵面包，那是迈尔贝克为这个纪念日特地烘烤的，不多不少，村中男女老少一人一个。万灵面包是用白面团烤成的，小到很容易便可藏在闭合的手心里。它们四个一排地放着，上面沾满了面粉。记得有一次吃完万灵面包后，手指上残留的面粉让我觉得是一种显灵，于是那天傍晚，我用一根木勺在祖父母卧室里的面粉桶里挖了许久，想弄清楚我认为那儿隐藏着的秘密。

因为几句偶然记下的笔记，更因为沉浸于自己时而扩大、时而缩小的思维圈，以及间或陷入的全然空虚，一九八〇年十一月的第一天，我没有离开房门一步。当时我觉得，一个人似乎真的可以只凭借沉思与静想便结束自己的生命，因为即使我已关上窗，房间里也有些许暖气，但我的四肢依然因缺乏运动而变得愈来愈冷、愈来愈僵硬。所以当侍者终于端着我点的红酒与黄油面包来到我的房间时，我觉得我好像早已入土，或者至少已躺在灵床上，无言地感谢着他送来的奠酒，却再也无福享用。我在脑海中描画着，如果我穿过这片灰色的潟湖前往公墓岛[1]，前往穆拉诺群岛，或更远的圣伊拉斯莫岛，或圣凯瑟琳沼泽中的沙漠圣方济各岛，会是什么样子。我在这样的遐想中陷入浅睡，看见雾气消散，绿色的潟湖伸展在五月的阳光中，绿色的小岛像卷心菜头般浮现在宽阔而宁静的水域。我也看见恩宠圣母医院岛和岛上

1　即圣米凯莱岛，为威尼斯的公墓所在地，位于威尼斯主岛以北、穆拉诺岛以南。

的圆形全景建筑，里面几千个疯子向窗外眺望，就像身处一艘远航的大船上一样挥着手。圣弗朗西斯趴在一张摇晃的芦苇床上，脸埋入水中，圣凯瑟琳穿过沼泽地，手拿一个车轮小模型走来，她曾在这样的车轮上受刑[1]。它被固定在一根小棍子上，在风中嗡嗡转动。紫罗兰色的暮光聚集在潟湖上方，而当我醒来时，我躺在一片黑暗中。我问自己玛拉基奥那句“耶路撒冷见”是什么意思，并徒劳地回忆着他的脸或眼睛，也许我应该回到河边的酒吧，可我考虑得越多，就越无法采取行动。威尼斯的第二个夜晚过去了，万灵节和第三夜也过去了，直到星期一早上，我才从一种奇怪的失重状态下回过神来。一个热水澡，昨天点的红酒与黄油面包，以及一份让人捎上来的报纸让我振作起精神，收拾好行李再次上路。

圣卢西亚火车站的站立式自助餐厅，被一片真正如地狱般的喧嚷包围着。它像一座固定的岛屿，兀立于宛如风中麦田般摇曳的人群当中，他们有的进，有的出，有的围着自助餐转圈，有的向坐在不远的略高处的收银员奔去。如果有人像我一样没有餐券，那他首先必须朝其中一个坐在宝座里的女人高声喊出他的请求，她只穿

1　磔轮刑，一种将受刑人身体砸断的古代酷刑。磔轮又称“凯瑟琳轮”，据传殉教的圣凯瑟琳一碰到车轮，轮子就坏了，最后只好改而将她斩首。

着围裙似的工作服，留着一头卷发，低垂的目光完全无动于衷地飘浮在恳求者的头顶上，任意地——在我看来是如此——从由纠缠不清、彼此交锋的声浪所表达的众多愿望中挑出一个，在餐厅内用足以摧毁所有质疑的确信口吻盖过喧嚣高声重复一遍，然后像宣读一份不可推翻的判决般喊出那份欲望的价格，接着稍稍弯下腰，仁慈又轻蔑地把那张小纸片与零钱一起递过去。一旦拥有了一张这时显得性命攸关的餐券，你就得奋力钻出人群，挤到自助餐厅中间，这家非同凡响的美食机构的男性雇员就站在环形自助餐台后面，蔑视死亡般地面对着推搡的人群，冷静地做着他们的工作，在普遍恐慌的背景下，制造了一种时间的流逝被拉长的效果。这些穿着浆洗一新的白色亚麻上衣、几乎毫无情绪起伏的侍者与他们坐在收银台后面的姐妹、母亲和女儿们没什么两样，是一群古怪的高等生物，在这里根据某个黑暗的系统，审判着一个为具有地方特色的贪婪所腐蚀的种族；使得这一印象进一步加深的事实是，这些身着白衣、举止庄重的男子站在圆环内显然高出一截的平台上，自助餐台的高度只到他们的腰间，而外面的顾客只到他们的肩膀，连下巴都够不上。原本非常克制的侍者，在将玻璃杯、杯托与烟灰缸端上大理石自助餐台时，却如此暴躁，让人以为他们要把这些器皿砸成齑粉。我的卡布奇诺来了，有那么一刹那，我甚至觉得这一奖赏是我的人生迄今赢得的最为重要的胜利。我松了一口气，环顾四周，立刻意识到了自己的错误，因为我看到了一圈被割断的脑袋。倘若身穿笔挺亚麻衬衣的侍者中有哪一位抬手一挥，把这些脑袋——我的也不例外——从光洁的大理石桌面揩进一个处理动物尸体的坑洞里，我都不会感到惊讶，是的，哪怕在一片反光之中，我都觉得这是合情合理的，因为说到底，正如人们所说的，这些脑袋显然是仅仅且专门用来把某些东西清空，或者倒进自己的身体里的。被这类令人不快的观察以及我不得不认为是古怪的想法袭扰的我突然觉察到，这圈兀自吞噬着早餐餐点的幽灵之中有目光一直在注视着我，而我确实发现两双盯着我的眼睛。它们的所有者倚在我对面的柜台上，一个用左手，另一个用右手托着下巴。如同云影穿过田野，一片恐惧飘荡在我心头，这两个正看向我的年轻男人，如果不只是我的想象的话，自我抵达威尼斯以来，已经不止一次出现在我走过的路上，而且曾出现在我遇见玛拉基奥的那个河畔酒吧的客人中间。时钟的指针移向十点半。我喝完卡布奇诺，朝月台的方向走去，时不时还回头看两眼，最终按照原计划登上终点站为米兰的火车，前往维罗纳。

我在维罗纳的金鸽酒店开了一间房后，立即依照老习惯，去了正义花园。在午后的几个小时里，我躺在雪

GIARDINO GIUSTI
VERONA

BIGLIETTO D'INGRESSO

№ 52314

松树下的一条石凳上。我能听见微风在枝椏间穿梭，听见园丁在低矮的黄杨树篱间耙动卵石路时发出的细微声响，即便已是秋天，空气中依然弥漫着花木轻柔的香味。我已很久没有感到如此舒适。不过，最后我还是站了起来。离开花园时，我看了一会儿一对土耳其白鸽，它们连续几次仅凭轻快拍击几下翅膀，便陡然升起于树梢的上方，在蓝色的天穹中停留一个小小的永恒，然后随着一声不像是从喉咙中发出的咕咕声，一动不动地向下滑翔，以大的弧度绕着美丽的柏树，其中一两棵或许已经在那儿站立了两百多年。它们永恒的绿色让我想起了我所生活的英国郡的教堂墓地里的紫杉。紫杉长得甚至比柏树还慢。直径一英寸的紫杉木的年轮通常有一百多圈，有些据说活了超过一千年，似乎全然忘记了死亡。我来到前院，常青藤覆盖的花园墙壁上镶嵌着喷泉，我在那

里洗了脸和手，就像进园时做的那样，并最后回望了一眼花园，然后转身走到出口处，朝在阴暗的小屋内向我点头的看门人回礼。穿过新桥、尼扎大街与斯泰莱大街，我来到布拉广场。进入圆形竞技场后，我突然有种被黑暗往事缠住的感觉。竞技场空无一人，除了一个迟来的远足旅游团，一位如果不是更年迈也一定接近八旬的导游正以单薄而沙哑的嗓音为他们介绍这一宏伟建筑的独特之处。我爬上竞技场的最顶层，俯视着现在显得特别渺小的游客们。那位身高四英尺多一点的老先生身上的夹克衫实在过于松垮，再加上他驼背，走路时身子弓得厉害，他上衣的前摆都垂到了地上。奇异的是，我可以清晰地，甚至可能比他周围的人还清晰地听到他说，在这座圆形竞技场，得益于其完美的声效，小提琴最幽微的独奏、女高音歌手最飘渺的半音，还有垂死的咪咪[1]在舞台上最亲密的呻吟都可以听到。对这位驼背向导在建筑与歌剧上的热情，旅行者们并无多少触动，然而在走向出口的途中，向导依然在这里和那里添补着他的出色介绍，他动辄停下脚步，转身向同样停下的人群举起右手食指，宛如一名小个子的小学老师面对一群比他高一个头的孩子。落在竞技场边缘的光线相当微弱，老人与他的听众们离开剧场后许久，我仍独自坐着，被大理石的红色微光包围，或者说我以为只有自己一个人，因为过了很长一段时间后，我才发现有两个人坐在竞技场另一侧一块被阴影遮蔽的石头上。毫无疑问，他们就是先前早上在威尼斯车站盯着我的那两个年轻男子。如同两名看守，他们在自己的岗位上一动不动，直到日光完全隐没，才站起身。我感觉，他们似乎向彼此鞠了一躬，然后走下楼座，消失在出口的黑暗中。起初我完全无法动弹，这场可能完全只是巧合的相遇，在我看来却玄机重重。我已经可以预见到自己整夜坐在竞技场中，因寒惧交加而瘫痪的情形。为了最终能站起来朝门口走去，我不得不集中全部的理性力量。当我快完成一半的路，一支箭的异象向我迫近，它呼啸着穿过灰色的空气，随

1　普契尼《波希米亚人》中的主要人物。

时可能穿透我的左肩胛骨，以一种特别浊重的声音，插入我的心。

接下来的几天，我几乎全身心地扑在对皮萨内洛[1]的研究上，这是我决定前往维罗纳的原因。许多年前，皮萨内洛的画作就已唤起我的渴望，要是能看到他的真迹，我可以放弃一切。吸引我的不仅是他那种就当时而言已极为成熟的现实主义艺术，更重要的是他成功地使这种艺术融入一个其实与现实主义绘画风格不相容的表面，其中所有的对象，无论主次，无论是天空中的飞鸟、苍翠的森林，还是树上的每一片叶子，都被赋予了平等而不受减损的存在权。正是这种对画家皮萨内洛长久的热爱，把我带回圣阿纳斯塔西娅大教堂，去看他于一四三五年左右画在佩莱格里尼小圣堂入口上方的壁画。位于教堂左翼的佩莱格里尼小圣堂早已今非昔比。拱门被一块随意涂成棕色的木墙封起，墙上有一扇门，后面现在是休息室，甚至可能是教堂司事的寓居处。不管怎么说，那位郁郁寡欢、几乎在沉默与寂寥中度过多年的女司事在四点后不久打开教堂布满铁钉的沉重主门，在我这个唯一的访客前面像影子一样步履蹒跚地穿过教堂

1　安东尼奥·皮萨内洛（1395—1455），意大利画家，出生于维罗纳，威尼斯画派的代表人物。

中殿后，便一言不发地消失在被木板隔开的房间里。在我观赏壁画的这段时间内，她曾多次有规律地出现在我面前——仿佛在进行永恒的巡行——并偏离到黑暗中，为了在重返轨道后不久再次回到自己的庇护所。几乎没有阳光能够投进圣阿纳斯塔西娅大教堂的侧厅。即便在日光最明亮的下午，这里仍被最深沉的昏暗荫蔽。因此，只能站在阴影中，观看皮萨内洛画在曾经的小圣堂拱门上方的壁画。不过在往金属盒里投进一枚一千里拉的硬币后，它会被照亮一段时间，时而显得极漫长，时而又极短暂。这时你便能清楚地看到，圣乔治正与公主告别，准备前去与恶龙战斗。画的左半部分只剩下一只略微褪色的怪物和窝里两只尚未长出翅膀的幼雏。为满足恶龙而牺牲的动物和人的四肢、骨头、遗骸散落在各处。画作的残片不规则地向空白中延伸，而那片空白仍能让人隐约感受到传说中巴勒斯坦国吕大市居民当时充满了的恐惧。壁画的右半边是另一个主要部分，几乎保存完整。只见一片看起来颇具北方风貌的区域升入——从表现手法来看，不得不这么说——蓝天。入海口的一艘鼓胀着风帆的船是构图中唯一处在远景的元素。其他的一切都是当前的、尘世的，起伏的土地，犁过的田野，树篱与山丘，城市的屋顶、塔楼、雉堞以及晃荡着绞死者——那个时代流行的一个窍门，可以赋予画面独特的生机——

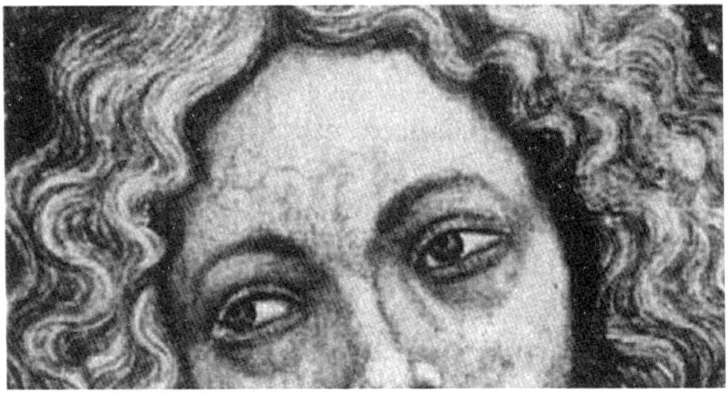

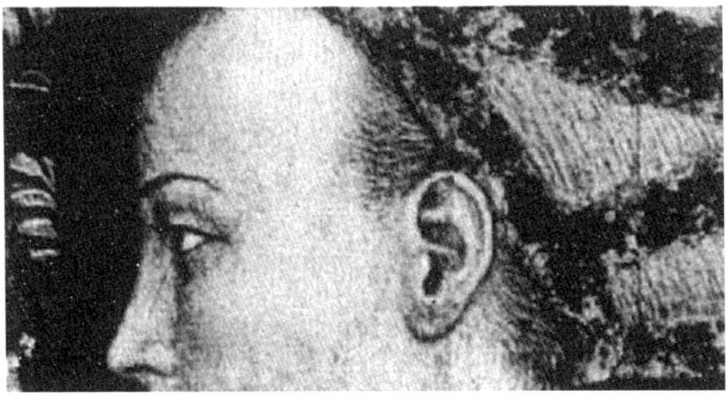

的绞刑架。灌木、丛林与树叶都被描摹得细致入微，而皮萨内洛一向倾注最大心力的是他喜爱的动物：飞往内陆的鹳、狗、公羊，以及七位骑手（其中还有一位脸上表情痛苦不堪的卡尔梅克弓箭手）的坐骑。画的正中央是穿着羽毛礼服的公主与圣乔治，后者尽管盔甲上的银已经剥落，但仍围披着那头闪耀着金红色的头发。令人惊讶的是，皮萨内洛如何让骑士突然出现的男性目光（已经偏向一侧沉重的血腥工作）与女性眼睛中仅通过下眼睑的稍微下垂来暗示的坚决形成对照。

在维罗纳逗留的第三天，我在罗马大街的一家比萨店里吃了晚餐。我一直不知道该如何在陌生的城市中选择餐厅。一方面，我太过挑剔，在下定决心之前会穿街走巷徘徊好几个小时；另一方面，我最终总是胡乱地走进某个地方，在冷清的环境中闷闷不乐地吃着一点都不合口味的菜肴。这个十一月五日的傍晚就是这样。如果稍稍犹豫一下，我根本就不会跨进这家单从外面看就让人觉得一团糟的餐厅的门槛。可现在，我正坐在这个挂着渔网的岩洞里的一把包着红色大理石纹塑料的厨房用椅上，挨着一张晃晃悠悠的小桌子。地板与墙面都涂着阴森可怖的海军蓝，让我再次见到坚实陆地的希望化作了泡影。悬挂在天花板正下方的一幅镶嵌在金色铜合金画框里的海景画与我相对，更加充实了这种完全被水包围的心理暗示。和寻常的海景画一样，上面是一艘立于绿松石色波峰上的船，在浪端雪白色的泡沫之间，正倾斜地坠入船头周围裂开的浪谷中。这显然是灾难降临的前一刻。我陷入一种越来越沉重的不安。还没吃完比萨的一半，我就不得不推开盘子，双手抓住桌子的边缘，就像晕船的人抓着船舷。我感觉我的额头因恐惧而发冷，

却无法叫侍者送来账单。为了让现实世界重返于我，我从上衣口袋里掏出那天下午买的《威尼斯公报》，尽我所能地把它铺开在桌子上。我第一眼看到的是编辑部的一篇报道，说昨天，即十一月四日，他们收到了一封用奇怪的如尼文字写的告白信，信中称，一个迄今完全无人知晓的、名为路德维希组织的团体为一九七七年以来在维罗纳及意大利北部其他城市发生的多起命案负责。该文唤起了读者对这些悬案的记忆。一九七七年八月末，一个叫圭里诺·斯皮内利的吉卜赛人平时用于在市郊过夜的旧阿尔法车遭到不明身份的人焚烧，他本人则因严

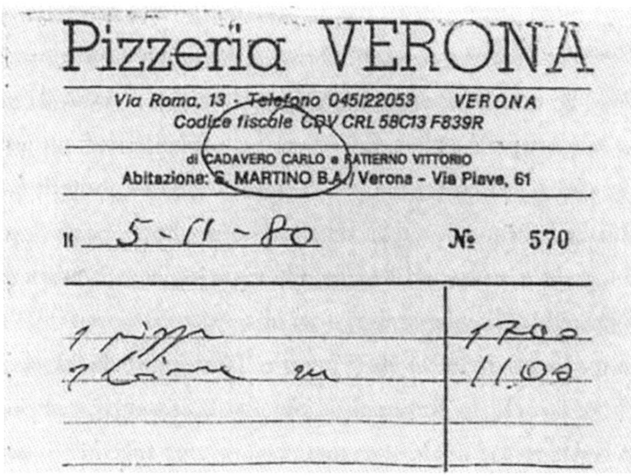

Pizzeria VERONA

Via Roma, 13 - Telefono 045/22053 VERONA
Codice fiscale CDV CRL 58C13 F839R

di CADAVERO CARLO e RATIERNO VITTORIO
Abitazione: S. MARTINO B.A. / Verona - Via Piave, 61

Il 5-11-80 № 570

重烧伤死在维罗纳的一家医院。一年后，一位名为卢恰诺·斯特凡纳托的侍者被发现死在帕多瓦，颈部有两处二十五厘米长的刀伤。又过了一年，二十二岁的海洛因上瘾者克劳迪奥·科斯塔在被刀捅了三十九下后，命丧威尼斯。现在是一九八〇年深秋。侍者为我拿来了账单。我打开账单，字母与数字在我眼前模糊一片。一九八〇年十一月五日。罗马大街。维罗纳比萨店。卡洛·卡达韦罗与维托里奥·帕蒂耶尔诺。[1]帕蒂耶尔诺与卡达韦罗。——电话响了。侍者擦干玻璃杯，把它举到灯前端详。直到我感觉铃声不会再继续响下去的时候，他才拿起听筒，把它夹在头与肩膀中间，在吧台后面电话绳允许的范围内踱来踱去。只有在说话的时候，他才会站定，目光转向天花板。不，他说，维托里奥不在。他在打猎呢。没错，是啊，就是他，卡洛。不然还会是谁？除了他还能有谁待在这家店里？不，没人。一整天连个人影都没有。现在也只有一个客人。一个英国人，他一边说着，一边用我觉得有些轻蔑的目光看了看我。这有什么奇怪的，白天正越来越短，淡季马上就要来了。冬天快到了。是，是，冬天，他大声重复道，又看了我一眼。我的心跳了一下，赶紧在托盘里放上一万里拉，收拾起报纸，冲入街道，

1 比萨店拥有者的名字。

穿过广场，步入一家灯火通明的酒吧，让人给我叫了一辆出租车，回到酒店，匆忙打包行李，乘夜班火车逃往因斯布鲁克。做了最坏准备的我坐在车厢里，无法阅读，也无法闭上眼睛，只是听着车轮的节奏。到了罗韦雷托，一位年迈的蒂罗尔妇女提着个满是皮革补丁的购物袋上了车，身边是她年约四十的儿子。我对这对母子感激不尽，因为即使整个车厢都是空的，他们还是选择坐在我身旁。儿子把头靠在座位上，眼睑低垂，大部分时间都幸福地微笑着，除了胸口偶尔会一阵痉挛。为了安抚他，母亲会在他左手的掌心画些符号，这只在她膝盖上摊开的手掌就像一张白纸。火车驶上山。我感觉渐渐好了些，便走到过道上。我们已经抵达博尔扎诺。蒂罗尔妇女与她的儿子下了车，手拉手向地下通道走去。他们的身影还未消失，火车就已再次启动。天气开始明显变冷。火车行进放慢，灯光更少，黑暗愈深。我们驶过福尔泰扎火车站。我看见了过去战争的画面。一九一五年五月二十六日的抢占地狱谷山口之战[1]。在山中呼啸的炮火，被炸飞的森林。雨水在车窗上画出一条条阴影线。火车在道岔处转轨。弧光灯昏暗的光落入车厢。车在布伦纳停靠。无人上车，也无人下车。穿着灰色大衣的边

1　一战期间，奥匈帝国与意大利在阿尔卑斯地区进行了长时间的山地战，此战也是其中之一。

防人员在月台上走来走去。我们至少在那儿待了一刻钟。另一边是银色的铁轨。雨下成了雪。沉重的静寂笼罩着这片区域，只被无名动物的吼声打破，它们在某条支线的黑暗中等待转运。时间的黑夜远比白日长，没人知二分日何时已至。

一九八七年夏天，在逃离维罗纳七年后，我终于让步于长久以来的蠢蠢欲动，再次踏上从维也纳经威尼斯前往维罗纳的旅程，以便更仔细地核实自己对那段危机岁月影影绰绰的记忆，以及试图记下些什么。一九八〇年十月底搭乘从维也纳开往威尼斯的夜班火车时，除了一个来自新西兰的小学女教师，我就没见过其他人，而这一次正值假期，车里是如此拥挤，我不得不一路都站在外面的过道上，或者以特别不舒服的姿势蹲在四处堆积的行李箱与背包中间，结果我沉入了记忆而不是睡眠中。更确切地说，是记忆，至少在我看来是这样，在某个外在于我的空间内越升越高，在达到一定的高度后，仿佛水漫堰顶般从那个空间溢出，注入我的体内。一旦我开始做笔记，时间就流逝得远比我想象的更快，直到火车缓缓从梅斯特雷驶入铁路堤道，穿过两侧在夜色中闪烁着微光的潟湖时，我才回过神来。我是最后离开圣卢西亚火车站的乘客之一，与往常一样，我把蓝色的亚麻旅行包挎在肩上，慢慢走下站台，来到候车大厅，那里有一支名副其实的游客大军裹着睡袋，躺在草席上和裸露的石头地板上，伸直的身子并排挨着，就像穿越沙漠的异族人。在车站的前广场，也有无数年轻男女成组、成双或单独地躺在台阶以及台阶周围。我坐在河边，重新拿出我的文具——铅笔与漂亮的横格文稿纸。绯红的曙光已经浮现在城市东边的屋顶与穹顶之上。不时有睡醒的人在他们过夜的野地上挪动，稍稍直起身子，开始在行装里翻找，吃点或喝点，然后又小心翼翼地把东西收好。没过一会儿，就有一些人背上通常比他们个头还高、压得他们弓起身子的背包，在依然躺在地上的兄弟姐妹之间来回走动，好像他们必须为一场无尽之旅的下一阶段的艰难进行预习。

早晨过去了一半，我还坐在圣卢西亚火车站的台基上做笔记。铅笔在纸上飞舞，运河对面一座房子的阳台上，一只被关在笼子里的公鸡不时发出啼鸣。当我再次停笔抬头看，所有在车站前广场过夜的人都已离开或消失，而晨间的交通已开始运作。一艘运载着成堆垃圾的驳船驶过，一只硕大的老鼠沿着船舷蹿动，然后一头扎进了水中。不知是不是因为看到了这一幕，我才决定不在威尼斯停留，而是直接去帕多瓦，参观那里的斯克罗威尼圣堂。迄今我对它的了解仅限于一段描述，说的是

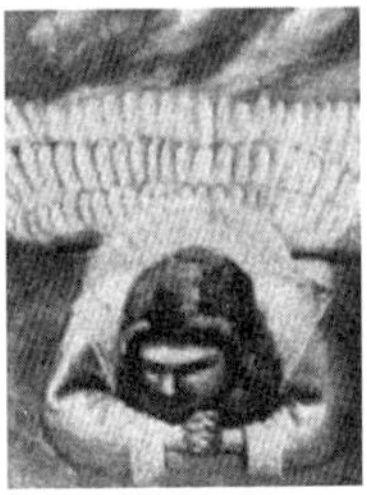

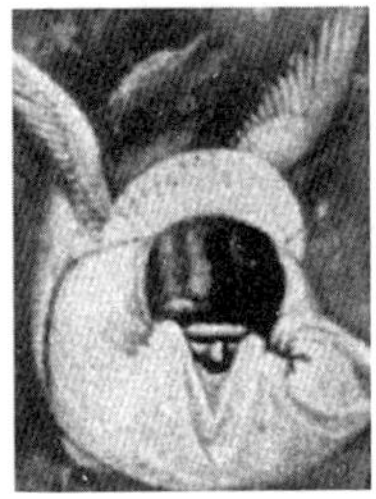

画家乔托的壁画颜色拥有不会退减的力量，画中捕捉到的人物的每一个脚步、每一个脸部表情依旧为新颖的明晰所统治。而当我在这天清晨便已占据这座城市的炎热中，真正踏进圣堂内部，站在从壁带一直延伸至地面的四列壁画前，最让我震撼的是将近七百年来一直悬停于无穷无尽的灾厄之上的天使们发出的无声悲叹。在圣堂的寂静里，这哀叹听起来如同咆哮。不过，天使们在痛苦中把他们的眉头皱得如此之紧，以至于会让人以为他们被蒙住了眼睛。难道他们洁白的翅膀，我想，与维罗纳大地上的几点鲜绿，不正是我们曾经能够想象得到的最美妙的事物吗？“天使们看见了不幸的景象——”我如此喃喃着穿过汹涌的车流，回到离圣堂不远的火车站，乘坐下一班车前往维罗纳。我既想弄清七年前自己在那座城市的逗留为何突然中断，又想知道一九一三年九月，卡夫卡博士从威尼斯前往加尔达湖的路上，在维罗纳度过的那个不愉快的下午（照他自己的说法）究竟发生了

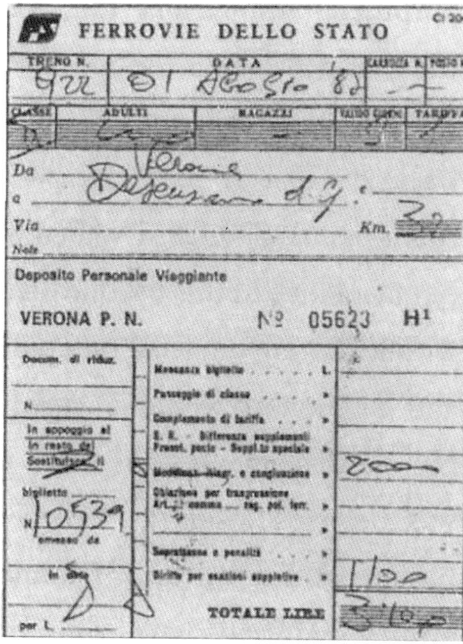

什么。列车在凉风习习中行驶，景色透过打开的窗户照映进来。不到一个小时后，新城门映入我的眼帘，我看见了这座躺在半圆形山丘前的城市，却丧失了下车的能力。我坐在原位无法移动，这让我自己深感意外。当火车离开维罗纳，列车员再次沿着过道走来时，我在他那儿补了一张去代森扎诺的票。我知道，一九一三年九月二十一日星期日，卡夫卡博士曾独自躺在那里的湖畔绿地上，凝望着芦苇丛中的波浪，在其他时候总是悒悒不乐的他，心中充溢着唯一的幸福：此刻没有人知道他在哪里。

代森扎诺火车站应该是在一九一三年才竣工的，至今都没什么大变化，至少外观上是这样。当远去的火车在半晌之后逐渐萎缩成西面的一个没影点，火车站被遗弃在正午的光亮中。气浪在笔直地铺向目力所及、直至地平线的铁轨上方跃动。一片开阔的田野朝南面延伸。车站建筑尽管已荒废，却给人一种还在坚定地发挥作用的印象。通向月台的门上方有一扇气窗，窗面玻璃上以优雅的字体镌刻着车站工作人员的职衔。名誉站长。上级站长。站长助理。操作员。我等待着至少有一位昔日等级制的代表，比如戴着闪闪发光的单片眼镜的站长，或者留着海象胡子、穿着长围裙的行李员，会从其中的某扇门走出来，向我表示欢迎，可什么都没发生。连大楼的内部都空无一人。我在楼上楼下摸索了好一阵子才找到厕所，它与这幢楼的其他地方一样，自世纪之初以来就基本上没变。被漆成军绿色的木头小隔间、沉重的炻制水槽、地上的白瓷砖虽已老化破损，布满了灰色的细小裂纹，但除了近二十年内画上去的无数涂鸦，一切仍保持着原样。洗手的时候，我看着镜子自忖，从维罗纳赶来的卡夫卡博士必定也是在这个车站下的车，他是否曾在这面镜子前凝视自己的脸？真是这样也不奇怪。

镜子边的涂鸦似乎恰巧暗示了这一点。那个猎人，上面写着，字迹笨拙。擦干手后，我在后面加上了“在黑森林里”这几个字。

我在车站前的广场长椅上坐了大概半个小时，喝了一杯浓缩咖啡和一杯水。中午时分静坐在荫凉处令人神怡。除了几个在车里听着广播打盹的出租车司机，看不到一个人。中间有一次，一名宪兵开车过来，把车直接停在入口前方的禁停区，然后消失在火车站内。当他不久后再次出现，所有司机仿佛接到信号似的同时下车，围住那个矮小单薄、可能从读小学开始就已认识的警察，指责他刚才不该违章停车。一个人还没能说什么，下一个人便已接上去。宪兵完全插不上嘴，即使插上也立刻被人打断。他只好无助地，甚至带着一丝惧色地盯着指向他胸口的那些责难的食指。然而，由于这整件事只是出租车司机们为了打发无聊整出来的一桩喜剧，所以当事人对这一场显然违背他本人意愿的审讯还不能严肃地提出反对，哪怕他们开始纠正他的站姿、摆弄他的制服——比如极其小心地掸掉他衣领上的灰尘，调整他的领带、帽子甚至腰带。最后，一名司机啪的一声打开警车的门，而这位颜面扫地的法律守护者别无选择，只能钻进车里，在轮胎的吱吱声中绕过环岛，沿卡武尔街而去。出租车司机们在宪兵的车后挥着手，即便他已消失很久，他们依然站在那里，重温着这幕喜剧的这一段或那一段，笑得无法自持。

一点一刻，我要乘坐的开往里瓦的蓝色巴士准时到达。我立即上车，坐在靠后的一个座位上。其他一些乘客也陆续上车，部分是当地人，部分是像我这样的旅行者。一点二十五分，车子马上要出发时，上来一个大约十五岁的男孩，极其诡异的是，他与卡夫卡青少年时代的学生照片非常相像。似乎一个还不够，男孩还有个孪生兄弟，震惊中的我看不出他们的相貌有任何分别。两人的发际线都低到额前，有着同样的浓眉黑眼，同样不对称的、固着在耳垂上的大耳朵。他们和父母一起坐在我后面一排的座位上。大巴往卡武尔街开去，林荫道两边的树枝刮过车顶。我的心怦怦直跳，一阵眩晕攫住了我，就像小时候每一次坐车出行时感到的恶心。我把头靠在窗框有气流的地方，久久不敢环顾四周。直到我们把萨洛远远抛在身后，快要到达加尔尼亚诺时，我才控制住在我四肢里蔓延的恐惧，朝背后瞥了一眼。那两个男孩没有像我期盼又害怕的那样就此消失，而是半躲在一张展开的《西西里岛日报》后面。过了一会儿，我鼓足勇气试图与他们搭话，他们只是咧开嘴朝彼此傻笑。甚至当我转向那对在我的记忆中极其矜冷的“父母”——他们已经越来越密切地关注起我对他们的儿子所作的奇怪努力，我也没能解释清楚我对这两个一直吃吃笑着的男孩怀着何种兴趣。我给他们讲了一个来自布拉格的犹太作家的故事，一九一三年九月他来到里瓦疗养，而且他年少时确实——确实，确实，我听见自己绝望地重复道——和他们的那两个正不时从《西西里岛日报》后面露出不怀好意的眼神的儿子长得非常像。从他们的手势我可以看出，这大概是他们碰过的最不可理解、最可笑的事。当我最后为了释疑，说如果他们假期结束回到西西里的家后，能够在不透露姓名与地址的情况下，往英国寄一张他们儿子的照片，我就心满意足了，我清晰地意识到，他们现在彻底把我当成了一个为了所谓的欢愉在意大利四处游荡的英国鸡奸者。他们毫不含糊地告诉我，他们在任何情况下都不会满足我的不正当要求，我应该立刻返回自己的座位。我意识到，如果我不这么做的话，他们可能就要让司机在下一个村庄停车，把我这个纠缠不休的乘客交给当局。多亏了我们在陡峭的加尔达湖西岸不得不穿过的每一条隧道，自那时起我都一动不动地坐在自己的座位上，心中充满了极度的尴尬，以及无力的愤怒，因为我手头没有任何证据来证明这一最不可能的巧合。我不断听到身后两个男孩的窃笑声，这让我越来越如坐针毡，所以最终，当汽车停在加尔达湖边的利莫内时，我从行李网中取出背包下了车。

从维也纳经威尼斯和帕多瓦到利莫内的长途跋涉中一刻都没闭眼的我，在疲惫和厌倦中走进湖边的索莱酒店时，应该已经快下午四点了，这个时候的酒店空荡荡的，显得十分冷清。一个孤独的客人坐在露台的遮阳伞下，而里面柜台后的黑暗中站着老板娘卢恰娜·米凯洛蒂，同样孤身一人的她心不在焉地拨弄着一个放在刚刚喝空的浓缩咖啡杯中的小银匙。这个在我的记忆中坚定而开朗的女人那一天却给我留下了忧郁，甚至幽怨的印象，后来我才知道那天是她的四十四岁生日。她以一种有意的缓慢处理我的入住事宜，翻阅我的护照，也许是对我与她同龄感到意外，她反复比较我的脸与护照上的照片，并久久凝视我的眼睛，这才谨慎地把证件锁入抽屉，把房间的钥匙递给我。我打算在这里住几天，写点东西，好好休息一下。傍晚时分，在卢恰娜儿子毛罗的帮助下，我找到了一艘合适的小船，相当顺利地在湖中划了一段距离。在西岸，一切早已沉入仿佛从罗韦里峰的陡崖上飘垂的黑旗般的阴影中；在另一边的东岸，夕光越升越高，直到很快只剩下阿尔蒂西莫山顶的浅粉色泽。现在整个黝亮的湖静静地环绕着我。利莫内酒店露台、酒吧与迪斯科舞厅里的音响已经开始制造夜间噪音，可在我听来，不过只是低沉的脉搏声，一种微不足道的干扰，要是把它与庞大的影子之墙那强大的寂静相比；

这面墙在镇上颤动的灯火背后陡然高耸，以至于我觉得，它似乎正不断向我倾斜，随时可能坠入湖中。我点亮船灯，摇动船桨，迎着从北边吹拂着湖水的夜风向岸边划去。到达岩壁阴影的深处后，我收起桨，让船慢慢往港口的方向漂去。我熄灭了船头的灯火，躺在船上仰望天空，星星从悬崖上方冒出来，数量繁多，仿佛找不到地方，几乎挨挤在一起。划船时，我能感觉到双手中的血液。船漂过一片曾经种过柠檬、如今已荒废的梯级果园。那里的方形石柱依然在黑暗中沿着斜坡一步步地攀升，人们曾在柱子上安置坚固的木梁，在木梁间固紧草席，以保护常青树免受冬寒的侵袭。

当我再次回到港口，走进酒店，利莫内已是午夜时分，到处是前来度假的情侣与家庭。一群衣着鲜亮的游客像游行队伍般穿过夹在湖泊与峭壁之间的窄街，一张张涂着颜色、被晒伤的、活像狐猴的脸，在彼此交织的躯体上方摇晃。所有人看起来都很不幸，被迫夜复一夜地在这里出没。回到酒店，我躺在床上，双手交叉垫着脑袋。睡觉是不用想了。游客们大部分已经酩酊大醉，他们的胡言乱语伴随着嘈杂的音乐从露台袭来，我不得不沮丧地意识到，这些人几乎全都是我曾经的同胞。我听到施瓦本人、法兰克人与巴伐利亚人说着最难听的话，而如果说他们这口以最放纵的方式散播的方言已经让我反感不已，那么不得不听一群来自我的家乡的年轻人大声地各抒己见、说俏皮话简直就是一种折磨。实际上，在难眠的这几个小时里，我巴不得自己是其他国家的人，要是不属于任何国家，那就更好了。凌晨两点左右，音乐关掉了，但直到第一缕灰光映照在湖对岸的上空，最后的叫嚷声与交谈声才停息。我吞下几粒药片，当额头后面的疼痛开始消退，就像潮水过后深色的潮印在慢慢变亮的沙子中消失，我睡着了。

八月二日，平静的一天。我坐在靠近敞开的露台门的一张桌子旁，摊开纸张与笔记，把相去甚远但似乎属于同一秩序的事件勾连起来。下笔的轻快，连我自己都吃惊不小。我一行行地填满从家中带来的横格笔记本。卢恰娜在柜台后面忙活着，眼角余光频频朝我这儿瞥过来，仿佛想看看我有没有失去头绪。她也会按照我事先的要求，定时为我送来一杯浓缩咖啡和一杯水，有时还递上一片用纸巾包好的吐司面包。这时她通常会在我身后站一会儿，和我聊几句，眼睛却总是瞟向写满字的稿纸。有一次，她问我是记者还是作家。我说两者都不算特别准确。她想知道我正在写什么，我如实地告诉她我也不确定，但我越来越感觉它会是一部犯罪小说。故事发生在意大利北部的威尼斯、维罗纳和里瓦，情节围绕着一系列未被侦破的谋杀案与一个失踪许久后重新露面的人。卢恰娜问我利莫内是否也会出现在故事中，我说，不仅利莫内，这家酒店，甚至她本人都是故事中的一环。说到这里，她又匆忙地退回到柜台后，带着她特有的心不在焉的细致继续工作，时而准备一杯卡布奇诺或热巧克力，时而给白天坐在露台上的少数客人送去一杯啤酒、红酒或石榴汁。偶尔她会在一本大账簿上记账，侧着头的样子，让人觉得她依然坐在学校的课桌前。我不由地越来越频繁地朝她的方向看去，每当我们四目相遇，她都会微笑，仿佛犯了一个愚蠢的错误。柜台后面一排排五颜六色、闪闪发光的烈酒酒瓶之间，嵌着一面巨大的壁镜，所以我可以同时看到卢恰娜与她的背影，这让我充满了一种奇特的满足感。

到了中午，露台上的客人都消失了，卢恰娜也离开了她的岗位。我的写作变得越来越艰难，很快，我写下的一切在我眼中都成了最没有意义、最空洞虚浮的废话。所以，当毛罗出现并捎来我请他去买的报纸，我如释重负。除了两份意大利语报纸《公报》和《上阿迪杰报》，其他大部分都是英语和法语的。我把所有报纸翻了一遍，最后细读起《上阿迪杰报》，这时下午也快要结束了。微风吹拂着露台上的遮阳伞，客人们渐渐返回，卢恰娜也已经在柜台后面忙碌很久了。我对着一篇文章琢磨良久，它的标题“忠于里瓦”似乎暗示着一个秘密，尽管这篇文章写的不过是希尔泽夫妇的故事，他们来自多特蒙德附近的吕嫩，自一九五七年以来每年都到加尔达湖畔度假。不过随后我在报纸的艺术版发现了一条定是为我准备的信息。这是一部据说明天即将要在博尔扎诺上演的戏剧的梗概。

arabinieri
di Selva

«Casanova al castello di Dux» in scena domani al «Comunale»

Secondo appuntamento con la prosa alla Bolzano Estate organizzata dall'assessorato alla cultura del Comune in collaborazione con il Teatro stabile. In scena un dramma recentissimo (che ha debuttato a Vienna) di un autore cecoslovacco, Karl Gassauer, della nuova generazione. S'intitola «Casanova al castello di Dux» ed è un'ennesima versione della vita del più famoso e inimitabile amatore del diciottesimo secolo.

Casanova, ormai vecchio, vive in Boemia. Siamo nel 1798 nel celebre castello di Dux, e Casanova lavora in solitudine come bibliotecario. Con lui ogni tanto conversa una fantesca, Sophie, che lentamente quasi per gioco l'amante veneziano seduce. Poi, quando la donna è pronta a cedere alle sue lusinghe, Casanova si spegne. All'improvviso.

È una specie di ironica analisi della vita matura di Casanova. Con questo criterio hanno scritto sia Hofmannstal, di cui ricordiamo a Bolzano recentemente «L'adulatore e la cantante» con Corrado Pani ed Ottavia Piccolo, e Schnitzler il cui dramma è stato presentato quest'estate al Festival delle ville vesuviane. Ma da no
dimenticare il celebre film
Federico Fellini dove di C
sanova anziano viene forn
ta una versione complet
mente diversa dall'immag
ne del latin lover che eg
con le sue «Memorie» ha v
luto lasciare ai posteri.

Sul palcoscenico del te
tro comunale, dove s'inizi
domani sera alle ore 21, so
in scena Mario Mariani, n
panni di Casanova, e Gisell
Bein, in quelli di Sophie. L
regia è di Dino Desiata
l'allestimento è una copr
duzione fra il Gruppo del
rocca, Pergine spettacol
aperto ed il Festival del
ville vesuviane.

我刚读完这篇简短的报道，并在上面做了几处标记，卢恰娜为我送来一杯菲奈特酒。她又在我身边逗留了一会儿，盯着我面前展开的报纸。一个女仆[1]，我听到她轻

1 “女仆”指的是戏剧《杜赫佐夫城堡的卡萨诺瓦》（图中的“Casanova al castello di Dux”）的女主人公索菲。贾科莫·卡萨诺瓦最后几年在杜赫佐夫城堡做图书管理员，孤独苦闷的他写下了好几卷回忆录。结识城堡女仆索菲后，他们约定每晚见面，索菲给他带去美食，倾听他的回忆录故事，并因此获得礼物。卡萨诺瓦逐渐爱上索菲，为表达自己的爱慕，他在一晚念起了当天早上写下的关于两人将如何度过夜晚的笔记，却因为过度激动而去世。

声念着我标注的内容，感觉她的手好像搭上了我的肩膀。当时我想，在我的一生中，被不熟悉的女人触碰实属罕有，然而在这种出人意料的肢体接触中，总有某种失重的、幽灵般的东西掠过我的身体。例如，我回想起几年前坐在曼彻斯特一家眼镜店昏暗的诊察室里，透过插在奇怪的验光镜框中的镜片，望着对面灯箱上一会儿清晰、一会儿一片模糊的字母表。站在我旁边的女验光师是个中国人，从制服上别着的小名牌，我惊讶地发现她的名字是苏西·阿霍伊。她特别寡言，不过每当她俯身为我换镜片时，我都能感觉到她身上散发着清冷的关切。她反复调整着沉重的镜框，有一次甚至用指肚按压我经常痛得悸动的太阳穴，时间长得远超必要，虽然这极可能只是为了摆正我头颅的位置。而当卢恰娜俯身收起桌上的咖啡杯与烟灰缸时，她的手——即使真的搁在了我的肩上，也肯定是无心多于有意——对我产生了同样的影响。就像在那时的曼彻斯特，此刻在利莫内的这个下午，我眼前的一切突然变得模糊，仿佛戴着一副不适合我双眼的眼镜。

第二天清晨，我最后还是决定前往维罗纳，却发现卢恰娜为我办理入住手续时放在前台抽屉里的护照不见了。为我结账的女孩一边反复强调她只有早上才在酒店帮忙，一边徒劳地把每个抽屉和柜子翻了个遍。最后，她去叫醒了毛罗。毛罗花了一刻钟把所有东西翻了个底朝天，还把前台留存的所有护照迅速翻看了好几遍，却始终没有找到我的，只得找来他母亲。卢恰娜出现在柜台后面时，意味深长地看了我一眼，似乎在说，这真是场别开生面的告别。当她接过寻找我护照的重任时，她说，所有客人的护照都放在同一个抽屉里，自酒店存在以来就没有放错过。所以护照一定还在抽屉里，问题只是有没有长眼睛。不过，她开始数落起毛罗，说他从来都看不见，大概是因为卢恰娜总在帮他看。从小时候开始，如果不能立马找到东西，不论是教科书、文具、网球拍还是摩托车钥匙，他就干脆宣称东西没了，可每当她卢恰娜过来一看，东西总是好端端地在那里。毛罗反驳道，她想说什么就说什么好了，但无论如何，这本护照就是不、见、了——他故意一个音节一个音节地说出最后一个词，好像在向一个听障人士强调似的。那是护照凭空消失了咯，卢恰娜反唇相讥。一句话带出另一句话，围绕我护照的争论已然变成了一出十足的家庭剧。那个我直到这时才见到的、比卢恰娜矮一个头的酒店老板现在也加入进来。毛罗又把事情从头至尾说了一遍，这肯定已经是第三遍了。帮佣的女孩一言不发地站在那里，带着尴尬的神色不断地抚平围裙上的皱褶，好像这一切混乱都是她造成的。卢恰娜摇着头转过身去，一边用手指往后耙她的卷发，一边不停地说着，奇怪，奇怪，仿佛现在已无法怀疑的护照的失踪，是她一生经历过的最不寻常的事。酒店老板立刻开始系统排查，把所有奥地利、荷兰与德国的护照放在一起，又用坚决的手势把奥地利与荷兰的护照推到一边，仔细检查起德国护照，最后得出结论，虽然我的护照确实不在其中，但里面有一本属于某个多尔先生的护照，如果他没记错的话，这人昨天就离开了，所以只能是当值的人不留神把我的护照给了这位先生——我现在还能听到，他一边喊着不留神这个词，一边因为对此等马虎感到绝望而用手掌拍打着额头——而多尔先生又顺手把我的护照装进了兜里，也没有检查一下是不是他的东西。老板在概述了这一匪夷所思的事件后总结道，德国人，大概总是那么匆忙。毫无疑问，口袋里揣着我的护照的多尔先生此刻正在某段高速公路上，而我必须考虑在没有护照的情况下，应该去哪儿办一张能够证明我身份的临时证件，好让我能继续旅行，离开意大利。似乎应为混淆负全部责任的毛罗真心诚意地向我道歉，而现在卢恰娜又加入了他的阵营，向我表示，他几乎还只是个孩子。一个孩子，酒店老板喊道，抬起眼睛望向天空，好像需要在这个耐心受到考验的时刻得到老天的帮助；一个孩子，他再次大声喊道，不过这次是对着毛罗，他不是一个孩子，而是一个没脑子的家伙，动不动就这样粗心大意，把酒店的好名声当儿戏。现在这位先生会带着什么印象离开利莫内和意大利？老板指着我质问毛罗。他让这个问题宛如一条不可辩驳的罪证回荡在酒店大堂，又补充道，现在必须立刻带我去警察局，局长达尔马齐奥·奥尔朱会给我签发一张至少可以让我离开这个国家的证明。我插了一句，说我可以在德国驻米兰领事馆办理新护照，不用再给他们添那么多麻烦。然而老板已把车钥匙塞给妻子，提起我的包，抓住我的胳膊。当我意识过来发生了什么，我已经和卢恰娜肩并肩坐在蓝色的阿尔法车里，沿着陡峭的小路行驶到主干道上，警察局就设在一排插入混凝土地基的高高的铁栅栏后面。一位左腕戴着一块巨大的劳力士手表、右腕套着一只沉重的金手镯的警官听完我们的故事，坐到一台滑动架几乎有一米宽的超大型老式打字机前，夹进一张纸，半是低语半是吟诵地复述着键入的文字，没有丝毫迟疑地完成了下面这张证明。在打完最后一行，按规矩又从头至尾过了一遍后，他炫耀似的一把将证明从滚筒上撕下来，先递给被这一行政手续弄得哑口无言的我，然后递给卢恰娜签名，最后署上自己的大名，并盖上一个矩形和圆形的章，整个工作就算完成了。当我询问警官是否真的可以用这份文件穿过边境时，他对我问题中隐含的质疑有些恼怒，只答道：我

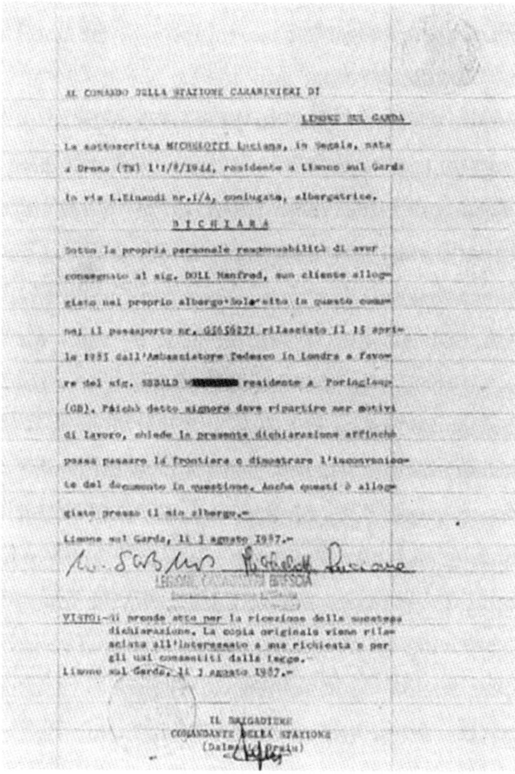
AL COMANDO DELLA STAZIONE CARABINIERI DI

LIMONE SUL GARDA

La sottoscritta MICHELOTTI Luciana, in Segala, nata a Drena (TN) l'1/8/1944, residente a Limone sul Garda in via L.Einaudi nr.1/A, coniugata, albergatrice,

D I C H I A R A

sotto la propria personale responsabilità di aver consegnato al sig. DOLL Manfred, suo cliente alloggiato nel proprio albergo "Sole" sito in questo comune il passaporto nr. G1656271 rilasciato il 15 aprile 1985 dall'Ambasciatore Tedesco in Londra a favore del sig. SEBALD [illegible] residente a Poringland (GB). Poichè detto signore deve ripartire per motivi di lavoro, chiede la presente dichiarazione affinchè possa passare la frontiera e dimostrare l'inconveniente del documento in questione. Anche questi è alloggiato presso il mio albergo.-

Limone sul Garda, li 1 agosto 1987.-

VISTO:-si prende atto per la ricezione della suestesa dichiarazione. La copia originale viene rilasciata all'interessato a sua richiesta e per gli usi consentiti dalla legge.-

Limone sul Garda, li 1 agosto 1987.-

IL BRIGADIERE
COMANDANTE DELLA STAZIONE
(Dalma [illegible] Orsiu)

们不是在俄国，先生。

我手握证明与卢恰娜回到车里，感觉好像刚才那位警官已为我们证婚，现在我们可以开车一起去任何我们想去的地方。但这个让我喜不自胜的想法并没有持续多久，一旦我——可以这么说——清醒过来，便立刻请卢恰娜把我放到公共汽车站边。她停车，我从车上下来，把包挎到肩上，透过开着的车窗向她说了几句话，为她的四十四岁生日送上迟到的祝福。她满面春风，好像收到了一份意想不到的礼物，向我说了一声再见，然后挂挡驱车离开。我看着阿尔法车沿街缓缓地行驶着，消失在一个拐角处，觉得这个拐角通向另一个世界。已经中午了。下一班车要三点才来。我走进汽车站附近的一家酒吧，点了一杯浓缩咖啡，拿出我的笔记本，很快就忘我地沉浸在书写之中，以至于等车的那几个小时以及前往代森扎诺的路上发生的事，都没有在我身上留下一丝记忆的痕迹。直到坐上前往米兰的火车，我才在我的回忆中再度看到自己。车窗外，在傍晚倾斜的日光中，白杨林与伦巴第的田野掠过。我对面坐着一位大约三十岁或三十五岁的圣方济各会修女，以及一个肩上披着五彩拼布上衣的年轻女孩。女孩是在布雷西亚上的车，修女则是在代森扎诺就已经坐在车上了。修女正在读她的祷文，女孩同样神情专注地读着一本图文小说。她们二人对于极致的美，我想，既是缺席的又是在场的，而我钦慕她们翻过每一页书的庄重。圣方济各会修女先翻过一页，然后是穿彩色上衣的年轻女孩，女孩再翻过一页，而后又轮到修女。时间如此流逝，我连和她们其中一个交换眼神的机会都没有。因此，我也试着练习一种类似的谦逊，拿出一八七八年在伯尔尼出版的《口若悬河的意大利人》，一本写给所有希望快速稳定地提高意大利口语的读者的实用读物。上世纪九十年代，我的一个舅公在意大利北部做过一段时间的会计，这本小书便为他所有，在其中一切都按照最好的方式被予以安排，仿佛这个世界纯然由词语组成，仿佛通过这样的安排最可怕的也能成为最安全的，仿佛所有事物都有对立面，每一种邪恶都有一种善良，每一种痛苦都有一种快乐，每一种不幸都有一种幸运，每一个谎言都有一个真实。

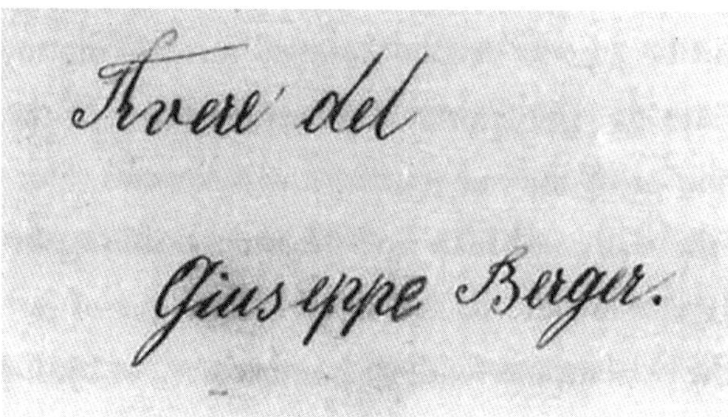

不久后，米兰辖区浮现在眼前。几个建着二十层住宅高楼的卫星开发区，然后是郊区、工厂厂区和年头更久的经济公寓。火车换轨。微弱的夕光平直穿过车厢。

— 33 —

tutti i santi	Allerheiligen
il Carnevále	Fastnacht
la quarésima	die Fasten

Gesú-Cristo	Jesus Christus
lo spírito santo	der heilige Geist
il creatóre	der Schöpfer
l' ángelo	der Engel
il diávolo	der Teufel
il paradíso	das Paradies
il purgatório	das Fegefeuer
l' inférno	die Hölle
la virtù	die Tugend
il mále	das Böse
il béne	das Gute
il peccáto	die Sünde
il fallo, l' erróre	der Fehler
l' orgóglio	der Stolz
l' avarízia	der Geiz
l' invídia	der Neid
la cóllera	der Zorn
la pigrízia, l'infingardággine	die Faulheit
l' ózio	der Müßiggang
il corággio	der Muth
la paúra	die Furcht
il terróre, lo spavénto	der Schrecken
la forza	die Kraft
la debolézza	die Schwäche

l'onóre (männlich)	die Ehre
l'onta, la vergógna	die Schande, Scham
la verità	die Wahrheit
la bugía, la menzógna	die Lüge
la bontà	die Güte
la malízia, la malignità	die Bosheit
l'amóre	die Liebe
l'ódio	der Haß
la giója	die Freude
il piacére	das Vergnügen
il fastídio	der Verdruß
il dolóre	der Schmerz
la fortúna	das Glück
la disgrázia	das Unglück
la speránza	die Hoffnung
la sanità, la salúte	die Gesundheit
la malattía	die Krankheit

La consanguinità	die Blutsverwandtschaft
la parentéla	die Verwandtschaft
i genitóri	die Eltern
il padre	der Vater
la madre	die Mutter
il nonno, l'avo	der Großvater
la nonna, l'ava	die Großmutter

穿着彩色上衣的女孩把书签插到小说里，圣方济各会修女也在她的祈祷书里放入一根绿丝带。在返照的回光中，两人靠着座椅坐着，其中一个如我想象的，白色的软帽下藏着修剪得短短的头发，另一个则留着一头美丽的卷发。我们驶入中央车站的黑暗中，所有的一切都变成了

影子。火车慢慢减速滑行，刹车的尖叫声越来越刺耳，让人无法忍受，直到抵达最高点时，终于戛然而止，接踵而至的是完全的空寂，而就在几秒钟后，蔓延在铁制拱顶下的轰响倒流到这空寂之中。我茫然失措地站在站台上。身穿彩色上衣的女孩和圣方济各会修女早就不见了。不仅在当时，哪怕现在回忆起来，我仍想知道，在那两位美丽的读书女子与这个建于一九三二年、规模超过当时欧洲所有其他火车站的巨大铁路中枢之间，在所谓的对过去的石头见证[1]与对未来的模糊渴望——这种渴望被植入我们的身体，为了让它们能聚居于尘土飞扬的大地和洪水浸没的田野——之间，有什么关联。我挎上背包踱着步，作为最后一个乘客走下站台，买了一张城市地图。还有多少城市地图是我没买过的？我总是试图至少获得对空间的可靠了解。无论如何，对我来说购买米兰地图是一个正确的选择，因为当我在轻声发出机器噪音的快照亭前拍完照，等待相片出来的时候，我发现装着这张地图的纸盒正面印着一幅迷宫图，背面却是对每一个知道自己经常误入歧途的人的应许，甚至祝福：

1　见《旧约·约书亚记》，“看哪，这石头可以向我们作见证”（据和合本）。

（一份用于规划行程的安全指南，总地图，米兰）

我离开车站大厅，走进傍晚铅灰色的空气中。明黄的出租车从四面八方涌回停车场，然后再次载着后座疲惫的归乡人纷纷离去。我穿过柱廊，走到车站的东边，错误的那一边。在通往萨沃亚广场的拱门下，悬挂着赫兹公司的广告，下一个巧合。我仍在凝视着它，想着它是不是向我暗示着什么，这时两个情绪激动的年轻人边交谈边径直向我走来。躲开已经没可能，他们的呼吸已朝我脸上喷来，我看见一个人脸颊上结节状的疤和另一个人眼睛里的血管的特写，感觉到他们的手在我的上衣底下拉拽、撕扯。直到我转过身，将肩上的包用力向两人甩去，我才得以挣脱，退回到拱门下，倚着其中的一根柱子站着。下一个巧合。没有一个行人注意到这场意外。只有我看着那两个袭击我的人，像从一部早期电影中逃出来似的，以一种怪异的扭动，消失在柱廊间的暮色中。在出租车上，我双手抱着我的包，尽量轻描淡写地说起米兰人行道上的不安全，司机则以一个绝望的手势作答。靠他那边的窗户装有格栅，仪表盘上有一个彩色的圣母纪念章。我们沿着 N. 托里亚尼大街行驶，穿过辛辛那托广场，左转进入圣格雷戈里奥大街，再左转拐进洛多维科大街，在波士顿旅馆前停了下来，那是一栋狭小、不祥的房子。司机一言不发地收下车费。整条洛多维科大街上没有一点生命的迹象。出租车已消失在远处。我爬上几级楼梯，走进这家奇怪的招待所，在几乎没有灯光的门厅等待着，直到一位大约六七十岁、几乎完全枯萎的夫人从电视间里出来。她用鸟一样锐利的眼光狐疑地看着我用结结巴巴的意大利语解释说我没法出示证件，因为我的护照丢了，而我来米兰正是要去领事馆办理一本新的。我一讲完我的故事，她立刻呼唤她的丈夫，一个回应奥兰多这个名字的男人现在也晃晃悠悠地从电视间里出来，他与他妻子一样，已经被暮年深深地浸透。我感觉他花了半天才穿过狭小的前厅，与妻子并排站在高到几乎遮住他们肩膀的接待台后面。我开始从头复述我的故事，现在连我自己都不太相信了。半是同情半是轻慢地，他们终于给了我一把旧的铁钥匙，上面写着数字 513。房间在顶层，但电梯这个被咯咯作响的金属栅栏封住的窄笼只能到四楼，我得从那里再爬两段后楼梯才能上五楼。一条对于这座狭窄的房子来说实在太长的走廊，在我看来略微倾斜地从一扇扇彼此间距不足两米的房门前经过。可怜的旅行者，我不禁心想，可我自己也不例外。总是在别处。钥匙已经在锁眼里转动。闷了数天甚至数周的浊重热气扑面而来。我拉下百叶窗。屋顶在渐浓的夜色中延伸到目力的尽头，林立的天线正在微风中颤动。下方是后院张开的深渊。我转过身来到床边，没有脱衣服就躺到饰有流苏的印花锦缎被罩上，双臂交叉枕在脑袋下面，盯着仿佛离我有几英里远的天花板，麻痹感很快就蔓延开来。有声音从通风井飘上来，穿过敞开的窗户传到我的耳畔，仿佛公海上的一声呼救，又像是空荡剧院里的一记尖笑。天色越往后越暗。声音逐渐平息，最终一切陷入沉寂。几个小时过去了，好几个小时，我却无法入睡。半夜甚或已到清晨，我起身脱衣，站在藏在发霉的塑料浴帘后、歪斜地嵌入房内的淋浴盘上。我任由水长久地冲刷着我的身体，然后湿漉漉地再次躺到流苏床罩上，等待黎明触摸天线的尖端。最终，我想我依稀见到了第一缕曙光，听到了乌鸫的鸣叫，于是合上眼睛。光在进入我闭合的眼睑后，呈现成种种暖色。这是彩虹。看啊，拱立在天上的彩虹。这是天空的弧拱。睡意从人造的拱桥上降临。我梦见一片辽阔的绿玉米地，梦见一位修女，我孩提时代就已熟识的毛利蒂亚修女，她张开双臂在玉米地上空翱翔，仿佛这是世上再自然不过的事。

第二天早上九点，我坐在位于索尔费里诺大街的德国领事馆的等待室。这么早就已经来了不少遭到抢劫的游客和其他的申请人，其中有一个艺人家庭，在我看来，至少是从半个世纪前穿越过来的。他们毫无疑问是一个杂技班，班主身穿一整套白色夏装，脚底下是一双打着皮革饰边、格外优雅的帆布鞋，手中时而顺时针，时而逆时针地旋转着一顶极为精致、样式完美的宽边草帽。从几个细微的动作便可看出，布隆丹[1]在钢丝上表演炒蛋那种哗众取宠的把戏在他面前也不过是儿戏。在这个空中飞人旁边坐着一位北欧人长相的女子，穿一套定制的服装，也像是一个来自三十年代的幽灵。她一动不动地笔直坐着，一直闭着眼睛。我未留意到她有抬起过眼皮，嘴角有过一丝抽动，脑袋有过最细微的偏移，连精心梳就的波浪式发型都不曾有过半分松懈。这两个我后来得知分别叫乔治·圣蒂尼与罗萨·圣蒂尼的梦游者，带着三个年纪和长相都差不多的女儿，她们穿着最好的细亚麻夏装，起先安静地坐在一起，之后在等待室的桌椅间

1　法国著名杂技演员，以走钢丝闻名。

走来走去，好像要用自己的行走路线系一个美丽的蝴蝶结。其中一个手拿彩色的小风车，另一个拿着可套缩的望远镜，却总是把反过来的那头凑到眼前，还有一个拿着一把小阳伞。有时，三个女孩会带着各自的标志坐在

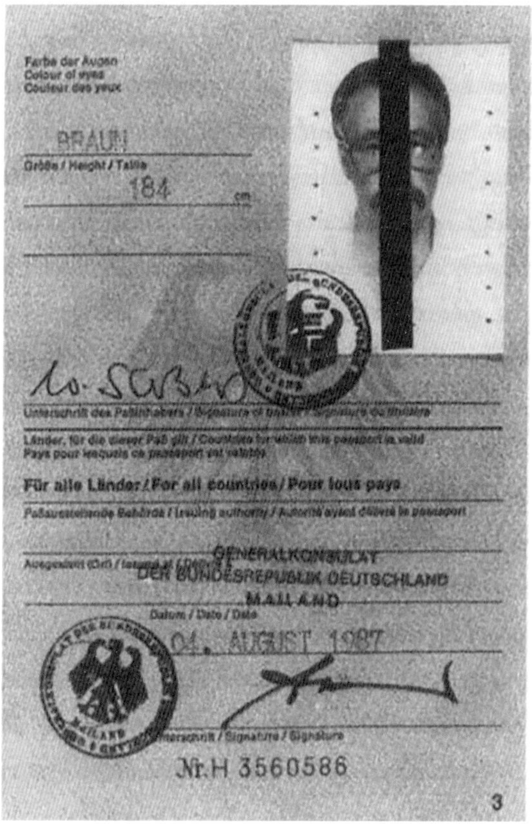
Farbe der Augen
Colour of eyes
Couleur des yeux
BRAUN
Größe / Height / Taille
184 cm
Für alle Länder / For all countries / Pour tous pays
GENERALKONSULAT
DER BUNDESREPUBLIK DEUTSCHLAND
MAILAND
Datum / Date / Date
04. AUGUST 1987
Nr.H 3560586
3

窗前，望着米兰的清晨，闪动的日光正努力地刺破厚重的灰色空气。穿着黑绸衣服的祖母与圣蒂尼一家分开坐着，但显然在情感和关系上都与他们甚密。她手里忙着针线活，只是偶尔抬起头，忧心忡忡地（在我看来）向这对沉默的夫妇或三姐妹投去一瞥。虽然当局花了很长时间，还给德国与伦敦的机构打了好几次电话，才确认我的身份，但在这几个人的陪伴下，时间很轻松地就过去了。最后，一个与其说是矮小，毋宁说是侏儒般的领事坐在一台庞大的打字机后面的一张类似于酒吧椅的凳子上，在一本新护照上用虚线字母输入了我的个人信息。

从领事馆出来，口袋里揣着新颁发的能让我自由行动的证件，我决定在继续旅行之前，先在米兰的街道散几小时步，尽管我当然知道，在一个交通极为拥堵的城市里，任何这样的想法都会以无精打采的游荡与持续不断的痛苦告终。一九八七年八月四日这天，我沿着莫斯科瓦街，路过圣安杰洛像，穿过公共花园，借帕莱斯特罗大道转入滨海大道，穿过参议院大道、斯皮加大道与耶稣大道，在蒙特拿破仑大道走了一小段后，穿过亚历山德罗·曼佐尼大道，终于抵达斯卡拉广场，然后从那儿走进大教堂广场。我在大教堂里坐了一会儿，解开了我的鞋带，而让我至今记忆犹新的是，我突然一下子不知自己身在何方。尽管极力向自己说明这几天发生的种种是如何将我带到这个地方的，但我甚至无法分辨自己是在生者之地，还是已经在另一个世界。当我登上大教堂顶层的廊台，在阵阵袭来的眩晕中，遥望现在于我而言全然陌生的城市那昏蒙的全景时，记忆的麻痹依然无改。在“米兰”这个词应该出现的地方，只剩下一种对空洞的痛苦反射。一堵巨大云墙在西边浮现，宛如在我体内蔓延的迫人黑暗，已经遮盖了半片天空，把它的影子铺满了似乎无边无际的屋海。一阵狂风扬起，我不得不站定，以看到下面广场上的人们正如何以一种奇怪的倾斜度移动，仿佛每个人在向各自的终点坠落。我一边这么想着一边在风中疾行，同时脑中还掠过一个将我的记忆挽救过来的念头——匆匆穿过下面鹅卵石路的并不是别人，正是米兰的男男女女。

当天晚上，我再次踏上前往维罗纳的旅程。火车以最快的速度穿过黑黢黢的乡村。这一次，我不假思索地下了车，在火车站的餐吧喝了一杯桃红葡萄酒，细读了维罗纳的报纸后，打车前往金鸽酒店。出乎意料的是，通常遭到恶劣接待的我这次不但被安排进一间各方面都非常合我心意的房间，还遇见了一位让我想起费迪南德·布鲁克纳[1]的行李员以及一位仿佛特意在大堂等候

1　费迪南德·布鲁克纳（1891—1958），奥地利作家、剧作家，反法西斯主义者。

我的酒店女经理，两人都对我礼遇有加，好像站在他们面前的是一位期待已久并最终莅临的贵宾。他们无需我出示身份证，只推给我一本登记簿，我填上名字，雅各布·菲利普·法尔默赖厄，一名来自兰德克的历史学家。行李员提起我的包，领我进房间，我给了他一笔远超出我财力的小费，他向我鞠了一躬后离开。那天夜里，在金鸽酒店的屋顶下，我尽情地休息，想象着自己被棕色与砖红色相间的美丽羽翼覆盖；这与第二天清早那顿我记得非常郑重的早餐一样近乎奇迹。带着一种从此我再也不会踏错一步的自信，大约十点我穿过城中街道，旋即便来到市民图书馆的门口，打算在那儿工作一整天。虽然门上的告示写着图书馆在假期不对外开放，入口的门却半开着。里面自然一片昏暗，起初我不得不摸索着往前走。试了好几个在我看来高得出奇的门把手但无果后，我才在一间泛着清晨柔光的阅览室里见到一位图书管理员。那是一位头发与胡子都精心修剪过的老先生，刚刚坐在斜面写字台前开始一天的工作。他戴着一对黑缎布袖套，鼻梁上架着一副半月形金丝眼镜，在一块绿色垫板上一张接一张地往纸上画横线。当他的手头积起了一摞画好线的纸时，他抬起头来问我有何贵干。我这边还在委婉曲折地解释自己的请求，他早已拿来了我想要的东西。于是我马上就坐在一扇窗户边，浏览起

装订好的对开本，里面都是一九一三年八月和九月发行于维罗纳的报纸。它们的边缘已变脆，翻阅时必须极其小心。各种各样的无声电影开始在我眼前上演。我看到形形色色的男士在阿尔贝托·马里奥街上徘徊，每个人都在自以为无人注意的那一刻，闪电般消失在某栋房子的门口，那是先后在巴黎与维也纳接受过教育的林格尔博士看诊的地方。房子的每一间诊室都已经坐着一位每隔一段时间就会从街上闪入门道且无一例外都穿得尤为讲究的男士，而与此同时，显然是在为出诊做准备的林格博士，则独自在阁楼一间会客室般的房间研究着一系列印刷着由皮肤病引起的花序样病变的图片，这些超大图片宛如总参谋部彩色的军事地形图，平铺在他面前的大书桌上。随后，我又看见在距离市民图书馆不远的斯

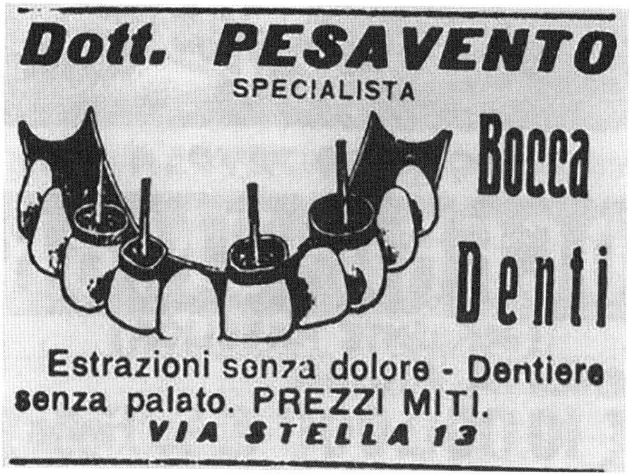

泰拉大街行医的佩萨文托医生，正在进行他的一次无痛拔牙手术。正接受佩萨文托医生治疗的病人苍白的脸庞看起来颇显放松，但她的身体却在治疗椅上以一种近乎痛苦的姿势扭曲着。此外也有其他种类的启示，比如一座由一千万瓶有助血液再生的铁奎宁牌佐餐矿泉水搭成的金字塔，在阳光下熠熠生辉，仿佛永生的承诺，而狮子一记突然而无声的咆哮就能让它悄然破碎成几十亿细小的碎片，如水晶瀑布般倾泻。当年的这些图像与文字无声无息，没有重量，在短暂燃起的同时又瞬间熄灭，各自蕴含着独特的空洞之谜。根据一条来自喀土穆的报道，蒂罗尔传教士朱塞佩·奥尔瓦尔德已经在苏丹的恩图曼失踪了几个礼拜。接下来是但泽发来的电报，第六

野战炮兵团的施特恩上校因涉嫌从事间谍活动遭到当局逮捕。这些没头没尾的故事，我心想，应该好好追循一番。一九一三年是特殊之年。时代在变，火花像游蛇穿过草地般沿着导火索奔突。各地群情汹汹。人民尝试新角色。国家神圣而正义的怒火熊熊燃烧。维罗纳各报纸在报道罗马圆形剧场的第一届戏剧节时，无不考虑着如何在热情上更胜一筹。根据我的笔记，《忠诚报》有一篇印着哥特字母标题的文章《泰坦的典范》。该文信誓旦旦地称，这一标题绝非夸夸其谈，因为圆形剧场是罗马建筑中一个泰坦般的范例，而朱塞佩·威尔第又是意大利旋律创作的巨擘。然而，作者最后又振臂高呼道，掌握一切艺术与美的真正泰坦是我们的人民，其余的不过是俾格米人[1]。我的目光被“俾格米人”这四个字久久地粘住，它们预告着一场业已发生的毁灭。我仿佛能听到民众站起身反复高喊：俾——格——米，俾——格——米，俾——格——米。在我耳内起伏的声浪，事实上必定只是被我的想象力加强和扭曲的血液搏动声。无论如何，它似乎并未引起图书管理员的共鸣。他安静地坐在那里，弯着腰，继续在纸上画着整齐的线。每画完一条线，他都稍作停留，可以看出他正在制作一份清单。显然他的脑海中已经有了编制这份越来越长的清单所需的每个细节，因为他下笔时不带半分犹豫，也不看一眼模板。有一次，在又写满一页后，他从工作中抬起头来，伸手去拿装着吸墨细砂的罐子，这时我们的目光相遇了。对这样的对视，我本应感到奇诧，但在那一瞬间却觉得如此恰到好处且理所应当，以至于可以自然地继续中断的浏览。在持续到下午的一页页翻阅中，我发现了一些值得玩味的东西，包括一篇题为《死在解剖台上》的报道，写的是一个名叫穆齐奥的宪兵遭到谋杀的事，开头仿佛一部真正的小说：*昨晚，在诺加拉公墓的停尸间*。这个故事不乏令人毛骨悚然的细节，但它之所以深深嵌入我的记忆，主要

1　俾格米（Pigmei）原指古希腊长度单位（手肘到手指关节的距离），后泛指身形矮小的民族，如非洲特瓦族俾格米人。

还是因为在翻动对开本时，我发现其中一页夹了一张旧明信片，上面印着热那亚的斯塔列诺公墓。我把明信片揣进口袋，在往后的日子里经常透过放大镜端详和琢磨它的每一个细节。黢黑的山丘上那昏暗的光，延伸到画面外并且似乎是通向隧道的旱桥，桥附近幽深的阴影，右方无数宝塔或钟楼形状的墓碑，小小的柏树林，围墙的排列线条，前景中漆黑的田野，以及带柱廊的主通道尽头左侧明亮的房子——我对这一切是如此熟悉，尤其是那座明亮的房子，蒙上眼睛都可以轻易地找到路。

下午晚些时候，我沿着阿迪杰河畔的林荫，一直走到古城堡。一条左眼上方有一块补丁状黑斑的浅色小狗，像所有的流浪狗一样，看起来正朝它要移动的方向斜着跑。在大教堂广场的时候，它粘上了我，而现在它总在我的前面，与我保持几步的距离。如果我停下来看河，它也停下来若有所思地看流水。如果我继续走，它也再次迈开脚步。不过当我穿过古城堡附近的卡武尔大街，它却停在了人行道的砌石旁，而走到路中间的我因为转身寻找它的身影，险些被车撞到。来到街的另一头后，我考虑着是直接穿过罗马大道，前往布拉广场赴萨尔瓦托雷·阿尔塔穆拉的约，还是稍稍绕路，走圣西尔韦斯特罗大街与穆蒂拉蒂大街。那条在卡武尔大街对面久久盯着我的狗转眼间就不见了，而我事实上没多加考虑便走进了罗马大道。我随心所欲地进这家店看看，进那家店瞧瞧，随着街上的人流游走，最后发现我对面正是七年前那个十一月的夜晚我从那里仓皇逃走的维罗纳比萨店。曾属于卡洛·卡达韦罗的这家餐馆上面依然挂着同样的招牌，但入口处已被木板封死，连开在餐馆楼上的商店也全部关张，我心中立刻有个声音对自己说，这也正是我预料的。仓促离开维罗纳时的画面已然扎根在我的脑海中，并一再极其清晰地出现在我眼前，除非我能够最终忘却，而这一次重现的画面上织入了奇怪的纹影：两个身穿缀银扣深色外衣的男人从后院抬出一副担架，花布底下显然躺着一个人。当我再次看到光线，看到若无其事地走过显然已关了很久的比萨店的行人时，我说不清现实是否只于瞬间被隐没在这一黑暗的幻象中，还是远远更久。我询问隔壁的摄影师比萨店为何关门，他什么都不愿意透露，而我也无法说服他帮我拍一张那家店的正面照。对于我的提问与请求，他只是无声地摇头，好像不理解我的意思，要么就是没法说话。我想象着这位聋哑摄影师在他的暗房中工作的场景，并带着感动转

身离开，这时却听到他在我的背后发出一连串野蛮的咒骂，不过针对的不是我，似乎更多是当时发生在隔壁餐厅的事。我在外头对面的人行道上徘徊了许久，终于找到一位看上去能答应我请求的路人，一个来自埃朗根地区的年轻游客。在我给他十马克作为方便时将照片寄到英国的开销后，他放下犹豫，帮我拍了这家比萨店的照片。不过当我恳求他再为我拍摄一群刚从广场飞入罗马大道，部分停在阳台栏杆上，部分停在房顶上的鸽子时，这个年轻的埃朗根小伙子，一个正在度蜜月的人——我这时才想到——并没有顺从我的意愿，我猜可能是因为他那始终以怀疑的，甚至敌意的眼神打量我，连他拍照时都一刻不愿离开他身边的新婚妻子不耐烦地扯了他的袖子。

我到达广场时，萨尔瓦托雷已坐在酒吧外面绿色遮阳篷下的绿椅子上看书，眼镜推到额头上，脸凑得特别近，也不知道他这样究竟能破译出什么东西。为了不打扰他，我在他旁边小心翼翼地坐下。他正在看的这本书的封面是粉红色的，上面用深色墨水印着一位女郎的肖像。人像的下面并不是标题，而是数字“1912+1”。一个侍者来到桌前。他穿着一条长长的绿围裙。我点了一杯双份菲奈特加冰。这时萨尔瓦托雷已把书放到一边，重新戴好眼镜。他歉然地解释说，每天下班，终于摆脱一天的忙碌后，他都要看会儿书，即便像今天这样把用来阅读的眼镜忘在编辑室。由于高度近视，在没有阅读眼镜的情况下，他认起字来还不如一年级学生快，但他根本无法抗拒自己在每天的这个时间点的阅读需求。下班后，萨尔瓦托雷说，我在散文中寻求庇护，就像在一座岛上。一整天我都被编辑室里的噪音包围着，但到了傍晚，我会横渡到一座岛上。每当我开始阅读第一个句子，就会感觉自己划到了很远的水面上。只是因为每晚的阅读时间，我今天才不至于完全丧失理智。他说他为没有立刻注意到我感到抱歉，一来是因为近视，二来是因为沉浸在夏夏[1]的故事里，他几乎把周遭都抛在了脑后。实际上，似乎已重返现实的他继续说道，夏夏讲述的这个故事精彩地概括了一战前的那几年。这个更多是以随笔形式书写的故事的中心，是上尉费鲁乔·奥焦尼的妻子，娘家姓提埃坡罗的玛丽亚·奥焦尼，她于一九一二年十一月八日开枪打死了丈夫的狙击手昆蒂利奥·波利曼蒂，且自称是出于自卫。当时的报纸当然把这个故事变成了一场盛宴，而数周以来占据了整个国家的想象力——毕竟被告，正如报界不厌其烦地强调的，出身于威尼斯著名画家的那个家族——并吊着国人胃口的审判，最终只揭示了一个几乎众所周知的真理：法律面前并非人人

1　莱奥纳尔多·夏夏（1921—1989），意大利小说家、散文家、编剧。

平等，司法并不等同于正义。由于波利曼蒂无法再为自己辩护，法官们很容易就让自己倾倒于这个很快被世人称作提埃坡罗伯爵夫人的奥焦尼女士神秘的微笑，而这种微笑，正如可以想象的，立刻让记者们想起了蒙娜丽莎，尤其因为一九一三年蒙娜丽莎的肖像画也是头条新闻，当时它在一名佛罗伦萨工人的床下被发现，这位工人两年前终结了它在卢浮宫的流放生涯，将其带回祖国。奇怪的是，萨尔瓦托雷补充道，在这一年里，一切都朝着同一个点奔去，一个不论付出多大代价总得发生点什么的点。不过您感兴趣的，当然是另一个截然不同的故事，他接着说道，现在已完全从自身和他的阅读中抽离出来。而那个故事，可以立刻预见到，现已接近尾声。审理刚刚结束，判决是三十年有期徒刑。上诉将于秋天在威尼斯开审。我不认为我们可以期待什么变化。但我也只是推测。前几天听您在电话里说，您对一九八〇年秋天以前发生的那些事情稍有了解。自那以后，骇人听闻的罪行仍没有停止。同年秋天，维琴察有个名叫玛丽亚·阿莉切·贝雷塔的妓女死于锤子的敲击和斧头的砍杀之下。半年后，维罗纳一所文理高中的学生卢卡·马丁诺蒂在一场大火中伤势过重不治身亡，事故发生在阿迪杰河畔一座被瘾君子们用作临时居所的奥地利防弹掩体里。一九八二年七月的一个傍晚，两位上了年纪的修道士马里奥·洛瓦托和乔瓦尼·皮加托一如往常在修道院附近安静的街道上散步，被人用重锤砸碎头骨。之后米兰的一家通讯社收到路德维希组织寄来的一封信，如您所知，该组织已宣布为一九八〇年秋天的那些行动负责。而在这第二封信中，如果我没有记错，该组织声称其存在的目的是杀死背叛上帝的人。翌年二月，神父阿尔曼多·比索的尸体在特伦托被发现。他被殴打致死，倒在血泊中，脖子后面还被钉上了一个十字架。另一封信上声称，路德维希的力量是无穷无尽的。同年五月中旬，米兰一家色情电影院失火。六人葬身火海。他们看过的最后一部电影是《蕾拉，女人香》。该组织声称对这场所谓的“鸡巴的火葬”负责。一九八四年年初，主显节后第一天，慕尼黑火车站边的一家迪斯科舞厅又发生了一起纵火案，也是一直悬而未决。直到两周后，富兰与阿贝尔才落网，当时两人装扮成小丑，用穿孔运动包各带一瓶打开的汽油罐，试图在位于斯蒂维耶雷堡的梅拉马勒迪斯科舞厅再度纵火，那个地方离加尔达湖南岸不远，当晚有四百个年轻人聚在那里庆祝狂欢节。两人差点就被在场的人群私刑处死。故事的主要节点就是这些。虽然提供了无可辩驳的证据，初步调查却没有发现任何东西能让人理解这一持续近七年的罪行。精神病学观察也无法洞见两个年轻人的内心世界。两人的家境都不错。

富兰的父亲是著名的烧伤科专家，也是当地医院整形外科的主任医师。阿贝尔的父亲是个来自德国的退休律师，多年来一直担任杜塞尔多夫保险公司维罗纳分部的负责人。两个儿子都曾就读于吉罗拉莫·弗拉卡斯托罗高中，都极聪明。高中毕业后，阿贝尔在大学学数学，富兰学化学。此外没什么可说的了。我认为他们就像兄弟一样，而且不知道该如何从他们的纯洁中解脱。我曾经在电视上见过阿贝尔，他是个出色的吉他手。那时好像是七十年代中期，他大概十五六岁。我记得他的外形与精彩的演奏给我留下了很深的印象。

萨尔瓦托雷的故事说完了，夜幕也已经降临。旅游大巴运来的一群群节日游客挤在圆形竞技场外面。萨尔瓦托雷说，连歌剧都不是以前的样子了。观众早已忘了如何当观众。过去，到了傍晚时分，马车会沿着宽阔的长路驶向新城门，出大门后转西，从市郊斜坡的树荫下，进入夜色之中。之后，所有的马车又会回来，有的前往教堂参加圣母马利亚夜祷，有的停在布拉广场这里，彬彬有礼的男士们会走到马车边与女士们交谈，通常要到夜色深沉才散场。坐马车的日子结束了。歌剧的日子也结束了。戏剧节就是一场闹剧。因此我不能在这样一个夜晚走进竞技场，尽管您一定知道，歌剧就是我的全部。我在这座城市工作了三十多年，萨尔瓦托雷说，却从没有在竞技场看过一场演出。我坐在布拉广场这个听不到一点歌剧的地方。没有管弦乐队，没有合唱队，没有歌手的歌声。一点声音都没有。可以说，我在聆听一部无声的歌剧。美妙的《阿依达》，尼罗河上一个奇妙的夜晚，仿佛一战前的一部默片。萨尔瓦托雷接着说，您知道吗，今天竞技场上演的《阿依达》的布景与服装都是照搬一九一三年埃托雷·法焦利和奥古斯特·马里耶特为首届戏剧节开幕式所作的设计。尽管历史已快要走到尽头，人却还能想着时间不会消逝。我有时真的觉得整个社交界依然坐在开罗歌剧院里庆祝着不可阻挡的进步。一八七一年的圣诞夜，《阿依达》的序曲初次奏响。每响起一个节拍，正厅前排的座位就变得更陡一些。第一艘船驶过苏伊士运河。舰桥上站着一个身穿白色海军上将制服的人，一动不动地攥着望远镜观察沙漠。你将再次看到森林，这是阿姆纳斯洛[1]的承诺。您也知道，在西庇阿时代，人们还可以在树荫下从埃及走到摩洛哥。在树荫下！而就在这时歌剧院起火了。噼啪作响的熊熊烈火。随着一声巨响，前厅里的座位与所有观众都消失在乐池中。从天花板的滚滚浓烟中飘下一个陌生的身影。死亡天使在靠近我们。我已看见天堂打开了。我已经离题太

1 歌剧《阿依达》中阿依达的父亲，埃塞俄比亚的国王。

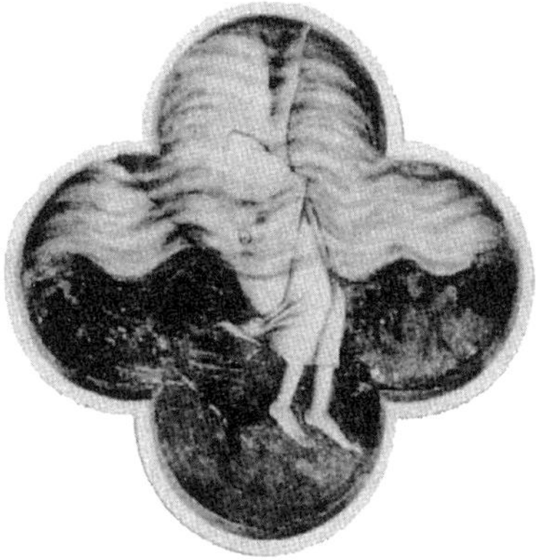

远。说着萨尔瓦托雷站了起来。您反正早就知道我的脾性，他告别时又添了一句。然而，我又在广场坐了很长一段时间，满脑子是萨尔瓦托雷留给我的天使降临的画面，手中忙着记录他讲的故事。那一定已是午夜过后，当穿绿围裙、负责结账的侍者巡视过最后一圈，我想我听见了广场的铺石路面上传来的马蹄声与车轮声。但我并没有看到马车。反倒是小时候与母亲一起在奥格斯堡看过的《阿依达》露天表演出现在我的眼前，它一度被我忘得一干二净。组成凯旋队伍的，是一支穷酸的骑兵队，以及一些忧伤的骆驼与大象——我现在发现它们是为了演出特地从王冠马戏团借来的。队伍在我面前走了好几个来回，好像它从来没有被遗忘过，而且和儿时一样，让我陷入了沉睡，直到第二天清晨——我至今仍不能解

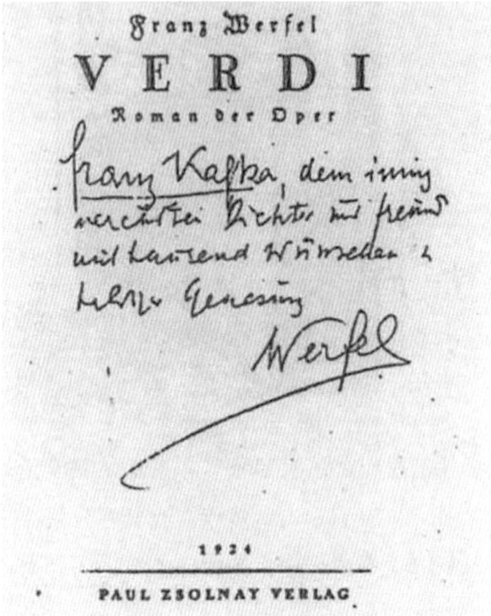
Franz Werfel
VERDI
Roman der Oper
Franz Kafka, dem innig verehrten Dichter und Freund mit tausend Wünschen zu baldiger Genesung
Werfel
1924
PAUL ZSOLNAY VERLAG

释清楚这究竟是怎么回事——在金鸽酒店的房间里才再次醒来。

作为附言，我只想补充一点，一九二四年四月，作家弗朗茨·韦尔弗带着一束玫瑰和一册他最新出版的、广受好评的小说，拜访了在维也纳哈耶克喉科医院躺着的朋友弗朗茨·卡夫卡。这位当时只有四十五公斤重、不久将前往克洛斯特新堡进行最后一次疗养的病人可能无法读这本题献给他的书，而这大概也并非他不得不承受的最严重的损失。不管怎么说，几个月前翻阅《威尔第：歌剧的故事》时，对我来说唯一值得一提的是，几经周折才到我手里的这本书中贴着某个赫尔曼·萨姆松博士的藏书票，他一定特别喜爱《阿依达》，所以选择了金字塔这一死亡的象征作为他的标识。

K. 博士的里瓦浴疗之旅

一九一三年九月六日星期六，布拉格工人保险公司副秘书长 K. 博士赶往维也纳参加一个关于救援服务与卫生的代表大会。正如战场伤兵的命运取决于第一次包扎的质量，他在格明德买的一张报纸上读到，日常事故中实施的急救对预后同样重要。这句话几乎和记录着围绕大会进行的社交活动的册子里的指示一样让 K. 博士惴惴不安。窗外已是海利根施塔特火车站。在透着不祥的冷清中，停着一些空车。差不多是最后几站了。K. 博士意识到，他本应跪求经理别带他一起来开会。但现在当然为时太晚。

在维也纳，出于对格里尔帕策的喜爱，K. 博士就在这位作家经常去吃午餐的马恰克酒店订了一间房。遗憾的是，这一虔诚的姿态并没有什么成效。大多数时间里，K. 博士的身体都极度不适。他饱受抑郁之苦，视力也不大好。尽管已经拒绝了所有可以拒绝的应酬，但他始终感觉自己置身于数量极为庞大的人群中。这时他就像幽灵一样坐在餐桌旁，忍受着严重的广场恐惧症，觉得每一个向他投来的眼神都可以看穿他。几乎已彻底老去的格里尔帕策坐在一旁，近到快要靠在他身上了。他开着下流的玩笑，有一次甚至把手放在他的膝盖上。到了晚上，K. 博士出了状况。柏林发生的事情困扰着他。他在床上徒劳地翻着身，头上敷着冷敷布，站在窗前久久地凝视着下面的巷道，希望自己能够被埋在比那儿更深几层的地底。第二天他写道，不可能过上唯一可能的生活，同一个女人在一起，双方都自由独立，不论形式还是实质上都不结婚，只是在一起，不可能迈出超越男性友谊的唯一可能的一步，因为在既有边界的另一边，早已提起的一只脚将立即踩死他。

或许最尴尬的是，生活总能以某种方式继续下去。比如，早上 K. 博士就被奥托 · 皮克说服一起去奥塔克灵探望阿尔贝特 · 埃伦施泰因，这位诗人的作品是 K. 博士即使怀着世上最善良的意愿也读不懂的：你们却喜爱船，用帆令湖水不快。我想去往深处。跌落、融化、失明成冰。在电车上，K. 博士突然对皮克产生了强烈的厌恶，因为他有一个细小而令人不快的性格缺陷，有时会把他整个地暴露出来，正如 K. 博士此刻观察到的。当 K. 博士发现埃伦施泰因和皮克一样留着黑色的小胡子，两人几乎长得像孪生兄弟时，他就更烦闷了。就像一个模子里铸出来的，K. 博士老是不由自主地如此想到。在前往普拉特游乐园的路上，他越发觉得这两人像一个怪物一样陪伴着他，到了划凤尾船的池塘时，他觉得自己已完全成了他们的囚徒。当两人把他带回陆地，这并未给他多少安慰。他们还不如用桨把他打死算了。莉泽 · 卡兹尼尔森也参加了这次郊游，她整天都坐在一匹穿越原始森林的旋转木马上。K. 博士注意到，套着一身剪裁入时但已被穿旧的蓬松衣服坐在上面的她是多么无助。他涌起一种经常会对女人产生的亲善感，但除此之外，他还在不断地受到头疼的折磨。当他们开玩笑似的把自己拍成一架似乎已升到巨型摩天轮与沃蒂夫教堂尖塔上空的飞机的乘客时，K. 博士讶异地发现自己是唯一在如此高度还

能保持微笑的人。九月十四日，K. 博士前往的里雅斯特。独自坐在车厢的角落，他在南方铁路上度过了将近十二个小时。麻痹感逐渐在他体内蔓延。窗外的风景天衣无缝地一幅幅连接在一起，沐浴在秋日格外不真实的人造宝石般的光辉中。尽管几乎一动不动，可晚上九点十分，K. 博士以一种莫名的真实置身于的里雅斯特。这座城市已沉浸在黑暗中。K. 博士立刻让人送他去港口附近的一家旅馆。坐在马车上，面对车夫宽阔的后背，他觉得自

已俨然成了非常神秘的人物，而人们在街边驻足，将目光投向他，好像在说他终于来了。

到了旅馆，他躺在床上，双手交叉在脑后，望着天花板。几声哭喊穿过被微风拂动的窗帘，飘进房间。K. 博士知道这个城市有一个青铜大天使[1]会杀死来自北方的旅行者，而他渴望出去。介于兴奋的疲倦与半睡之间的他，在海港区的小巷中神游，内心感知着自己作为在人行道边等待的自由人，悬浮在离地面一拃高的地方。回旋的反光昭示着天花板随时可能破裂，有什么东西会立刻揭晓。石膏已经开始掉灰，然后在一团尘云里，在半明半暗中，缓缓地降下一形影，裹着蓝紫色法衣，系着金色绦带，身后有一双巨大而洁白的、带着丝光的翅膀，抬起的手中还握着一把笔直指向前方的剑。当 K. 博士又能缓过气来，他心想，如此真实的天使，整天都在朝我飞来，我却因为没有信仰，对此一无所知。现在他马上就要和我说话了，他这么想着，垂下目光。当他再次抬眼，虽然天使依旧在那，且相当低地悬在重新闭合的天花板下方，却不再是活的天使，而只是一个彩漆的木雕艏饰像，就像

1　原文为“Erzener Engel”，暗指意大利厨师弗朗切斯科·阿尔坎杰利（Francesco Arcangeli），他在的里雅斯特谋杀了从维也纳返回罗马的德意志艺术史家，约翰·约阿希姆·温克尔曼（Johann Joachim Winckelmann）。

水手酒馆的天花板挂着的那些。剑柄则是用来插蜡烛，接住滴下来的烛泪的。

第二天早上，K. 博士在一场小风暴中穿过亚得里亚海，他有点晕船。在威尼斯上岸之后的很长一段时间里，如果可以这么说的话，海浪依然在他的身体里涌动。在下榻的桑德沃斯酒店，可能是因为恶心感逐渐消退，他怀着乐观的心情写信给柏林的菲利斯，说无论他的脑袋如何颤抖，他都会把自己投入这座城市，以及它能为像他这样的游客提供的一切。即使瓢泼大雨把剪影都漆上均匀的灰绿色釉彩，也无法阻挡他的决心；不，这样反而更好，他想，维也纳的日子将被冲刷殆尽。然而，没有任何证据表明 K. 博士曾在九月十五日离开酒店半步。如果连待在这个地方都已经基本不可能，濒临崩溃的他就更不可能在这片能溶解岩石的水瀑天空下冒险了。所以 K. 博士仍待在酒店里。傍晚时分，在昏暗的大堂里，他又给菲利斯写信，再也不提探索城市的事，反而在印着漂亮蒸汽游艇的酒店信笺下方仓促地罗列他的绝望。他是孤独的，除了酒店职员，他没有与任何活着的灵魂说过一句话；他的痛楚几乎已经满溢；然而他可以肯定地说，他正处在一种由超自然的正义赋予他的、与他本性相符的状态中，他无法超越这一状态，必须忍受到生命的最后一刻。

我们不知道 K. 博士实际上是如何在威尼斯度过那几天的。无论如何，阴郁的心情似乎并没有离开他。确实，当面对这座城市、面对威尼斯时，他估计也只能维持这样的心境，尽管到处都是仿佛特意嘲弄他境遇的新婚夫妇，威尼斯一定还是给他留下了极深刻的印象。它是多么美丽，他写道，后面还添了一个感叹号，这种在措辞上多少有些疯狂的转折，让语言瞬间就被情感完全支配。它是多么美丽，而我们又有多么低估它！不过 K. 博士并没有透露细节。所以我们不知道，正如我前面所写的，K. 博士真正看到了什么。他甚至未曾提起是否拜访过总督宫，那里的铅室在他几个月后关于审判与惩罚的幻想作品的成形中扮演了不可或缺的角色。我们只知道他在威尼斯待了四天，然后从圣卢西亚火车站乘车去了维罗纳。

到达维罗纳的下午，他离开车站沿着大街走到市里，在小巷中不断穿梭，最后疲惫不堪地走进圣阿纳斯塔西娅大教堂。他带着感激与厌恶的心情在阴凉的室内休息了一阵后再度出发，离开时仿佛对待自己的儿子或弟弟那样，用手指拂了拂侏儒的大理石卷发，这个位于一根硕大的柱子基部的矮人几个世纪以来一直负荷着圣水盘巨大的重量。没有任何迹象表明 K. 博士看到了佩莱格里尼小圣堂入口处由皮萨内洛所作、绘着圣乔治的精美壁画。但可以确定的是，当他再次来到门廊下，站在黑暗的内部与明亮的外部的交界处，他瞬间觉得自己面前建有一座相同的教堂，大门直接与他刚刚走出的大门相连，这样的增殖他已在梦境中熟悉，在那里，一切总是以骇人的方式不断分裂。

暮色将至，K. 博士开始注意到行人越来越多，他们三三两两甚至成群地挽着手走上街头，显然只是为了找乐。或许是那些自八月起就一直张贴在城市各处、为竞技场的歌剧表演打的广告，还有不断被他双眼认出的大写字母"阿依达"，让他恍惚觉得维罗纳市民所表现出的快活与团结也是一种戏剧活动，目的是让他察觉到自己的孤独与古怪，这一想法在脑子里挥之不去，他只有在电影院才能得到解脱，大概是在圣塞巴斯蒂亚诺百代电影院。含着泪，K. 博士第二天在代森扎诺如此写道，他坐在电影院的黑暗中，看着光锥中闪烁的小尘埃转变为图像。然而，他的代森扎诺笔记并未提及九月二十日他在维罗纳看了什么电影。难道真如我在市民图书馆查到的，那天在百代电影院上映的是维托里奥·埃马努埃莱三世陛下亲自巡视骑兵队的时事新闻片以及无从找寻的《深渊的教训》，还是如我最初料想的，放映的是一部一九一三年在奥地利电影院颇受好评的影片，讲述了一个不幸的布拉格大学生在一八二〇年五月十三日将灵魂出卖给某个斯卡皮内利先生，结果失去性命和爱情的故事？光是这部电影非同凡响的外景，还有银幕上闪动的故乡轮廓，肯定就足以打动 K. 博士，更不必说片名[1]代表的主角巴尔杜因的戏份，K. 博士绝对可以从他身上认出自己的二重身，正如巴尔杜因能够在他永无可逃脱的黑衣人兄弟身上辨认出另一个自己。可怕的一幕在影片的开始就已出现，当这位布拉格最出色的剑客面对着镜子，他的镜像立刻从镜框中走了出来，自此宛如他躁动的幽灵一直追随着他。在 K. 博士看来，这难道不像他以劳伦茨贝格为背景所写的《一次斗争的描述》吗？在这

1　该影片为《布拉格的大学生》。

场斗争中，主角与他的对手处于最亲密的自毁式关系中，以至于在被同伴逼入绝境时不得不最后坦承：我订婚了，我承认。如此一来，这个被逼得走投无路的人除了用一颗子弹来摆脱那个沉默的同伴（顺带一提，在无声电影中，为了让观众看明白，画面中会升起一小团烟雾），还有什么别的选择呢。在时间的进程不知怎的被放大到自身消失的那一瞬，巴尔杜因终于从自己的妄想中解脱。他再次呼吸，意识到子弹已经穿透他的胸膛，他在画面下方以一种炫耀性的方式死去，整个场景像一盏即将熄灭的灯般忽明忽暗，仿佛一曲歌颂逝去英雄的无声咏叹调。K. 博士认为这种必定经常出现在歌剧中的最后的抽揺一点都不可笑，这种在旋律中四处游走的声音，他写道，反而表现了我们天生的不幸，因为可以这么说，正如他在别处指出的，我们一生都躺在戏台上，也死在戏台上。

九月二十一日，K. 博士来到加尔达湖南岸的代森扎诺。镇上的大多数居民都聚集在市集广场上欢迎这位布拉格工人保险公司的副秘书长。然而 K. 博士这时正躺在湖边的草地上，面前是芦苇丛掩映的波浪，右边是锡尔苗内的岬角，左边是朝向马内尔巴的湖岸。在身体状态更好的时候，躺在草地上是 K. 博士最喜欢的消遣之一。

在布拉格，譬如当一位尤为高雅、与他在公务上偶有来往的绅士坐着双驾马车经过他的身旁，他能享受到失去社会地位的乐趣（虽然，据他自己写道，仅仅是乐趣）。然而在代森扎诺，即便如此谦卑的幸福都无法实现。相反，他只是不舒服，全方位的不舒服。唯一让他感到欣慰的是，没人知道他身在何处。至于代森扎诺的居民们，不知道这个下午他们为布拉格来的副秘书长先生守候了多久，又在何时失望地离去。其中一人表示，我们寄予厚望的人总是在他们不再被需要的时候才出现。

度过了程度不亚于代森扎诺居民的极度压抑的一天后，K. 博士在入夜前坐船赶到里瓦，在冯·哈通根博士的水疗院待了三周。一个穿着绿色长围裙，围裙后面用一条黄铜链子系着的杂役把 K. 博士领到房间。他从阳台上凝视着静卧在渐浓的夜色中的湖面。现在一切蓝之又蓝，万物似乎都静止了，连已再度行至远方的蒸汽船也在水面上纹丝不动。早上，水疗院的例行工作就已经开始。在尝试各种冷水浴和为他安排的电疗法时，K. 博士尽量让自己完全保持镇静，然而他为菲利斯受的苦和菲利斯为他受的罪，像凝聚成某种活物般不断地纠缠着他，通常发生在醒来的时候，但有时也会在饭点，让他觉得自己已经瘫痪，连餐具都无法再拿住。

顺便说一下，在 K. 博士右边的桌子旁坐着一位年迈的将军，虽然大部分时间都一言不发，但偶尔会发表一些玄奥却敏锐的言论。比如有一次，他突然从手边总是打开的书中抬起头，说他对沙盘的逻辑与战报的逻辑比对任何东西都要熟悉，不过如果他仔细琢磨，会发现两种逻辑之间是一大片由最不可捉摸的事实构成的领域。我们无法觉察的细枝末节决定了一切！即便世界历史中的大战也是如此。细节虽小，却和滑铁卢五万死去的士兵与战马一样沉重。一切归根结底都是比重的问题。司汤达，他说，比所有总参谋部的人都更清楚这一点，而他到了这把年纪终于成了司汤达的学徒，不至于在完全的无明中死去。这根本是个疯狂的念头，以为一个人通过操纵方向盘，借助意志力，便能影响事情的进程，而一切都是由最复杂的关系网决定的。

尽管十分清楚邻座的言论并非针对他，但在听的时候，K. 博士却察觉到了些许正在滋长的信任和默契。值得一提的是，坐在他左边的女孩的形象此刻在他的脑海

Fig. 3. Rumpfbad.

中清晰起来，此前他一直以为她是因为右边缄默的先生，也即因为他而闷闷不乐。她个子不高，来自热那亚，看起来很像意大利人，但实际上是个瑞士姑娘。她的嗓音有一种奇特的深沉，每当她极其罕见地用这种嗓音与K. 博士说话，他都觉得这是一种不同凡响的信任的标志。病中的她在他的眼里非常珍贵，他很快就与她每日下午一起到湖心划船。岩壁从水中升起，在柔美的秋光中，呈现出种种绿，整个湖区仿佛一本相册，群山则像被一位细腻的艺术爱好者画在一张空白页上，以作为对相册女主人的纪念。

在湖上，他们互诉各自的病史，可以认为，两人的病情都暂时得到好转，被一种麻木感安抚着。K. 博士发展出了一种关于无身之爱的碎片式理论，在这个理论中，亲疏远近没有区别，如果我们睁开双眼，就会明白我们的幸福源于自然，而非早已脱离自然的身体。因此所有人拥有的都是错误的情人，他们在做爱时几乎都闭着眼睛，或者贪婪地将眼睛睁得极大，两者其实并没有分别。再也没有比这更无助、更丧失理性的情况了。于是思想无法再受到控制。人被迫一次次地变异与重复，而后常常会发现，一切都在分崩离析，包括希望保留下来的爱人的形象。奇怪的是，当他陷入这种自认为濒临疯狂的状态时，只有用他想象中的拿破仑式黑色司令帽罩住他的意识，才能帮他从中抽离。然而，此刻他最不需要的就是这样一顶帽子，因为在室外的这片湖上，他们实际上几乎没有身体，而且对自身意义的渺小有一种天然的洞察力。

按照K.博士的愿望，两人约定不向任何人透露对方的名字，不交换照片、纸片甚至一个书面文字，而在这尚能共处的几天过后，他们必须从容地让对方离开。然而这并不容易，分手的时刻终于来临，K.博士不得不想出各种滑稽的行动，以防止热那亚姑娘在所有人面前抽泣。最后，当K.博士陪她下到登岸码头，看着她迈着不稳的步子登上小小的舷梯时，他回忆起几天前的晚上，两人与其他一些疗养客坐在一起，其中一个极为富有且优雅的年轻俄国女人出于无聊与绝望——因为优雅的人在不优雅的人中间，确实比不优雅的人在优雅的人中间要失落得多——玩起了纸牌占卜。与大多数情况别无二致，纸牌并未揭示出任何有意义的内容，而只有轻浮可笑的东西。直到轮到热那亚女孩时，纸牌才浮现出一种格外清晰的运势。俄国女人对此解释道，这意味着她永远都不会进入所谓的婚姻状态。那一刻 K. 博士感到极其不可思议，偏偏是这个他十分喜爱的姑娘，打从第一次见到她，他就因为她那双水绿色的眼睛叫她美人鱼，纸牌竟预测她将孤独终老，尽管她身上没有一点老处女的影子，也许除了她的发型，直到现在最后一次看向她，他才向自己承认这一点——此刻她的右手正静静地搭在栏杆上，左手则有些笨拙地在空中画着结束的标志。

随着几声喇叭，轮船出发了，将自己斜着推入湖中。温蒂妮[1]依然站在栏杆旁，几乎已经认不出。最后船也看不见了，只剩下划过湖面留下的白色波纹，正一点点重归平静。在走回疗养院的路上 K. 博士意识到，就纸牌而言，他也有一个相当明确的运势，因为所有不仅显示数字也显示人像的纸牌，每次都出现在边缘，尽可能地远离他。事实上，有一次他只抽到两张这样的人像牌，另

1 温蒂妮（Undine），传说中掌管水的女神，也指居于水边的美丽女性精灵。

一次一张都没有，这显然是种极不寻常的分布，连俄国女人都抬起头看着他的眼睛，说他大概是里瓦很长一段时间以来最奇怪的客人。

美人鱼离开后的第二天，下午方至，正按照疗养院的安排卧床休息的K.博士忽然听到急促的脚步声从门外走廊传来，并在惯常的寂静恢复没多久后再次响起，不过这次是朝另一个方向。K.博士探头向外张望，想弄清是什么导致了这种有违疗养院习惯的一来一回时，瞥见冯·哈通根博士飞舞的白大褂和紧跟其后的两名护士消失在拐角处。下午晚些时候，每间休息室里的气氛都格外凝重，工作人员在喝茶时的寡言尤其引人注目。疗养院的客人们窘迫地交换着眼神，就像遭到父母惩罚不被允许开口说话的孩子。晚餐时，K.博士没有在邻座看到那位已退伍的骠骑兵将军路德维希·冯·科赫，在失去热那亚姑娘后，K.博士指望着能从这位可亲的老人那儿寻求些许安慰。现在他身边一个人都没有，好像一个传染病患者那样孤独地坐在餐桌前。第二天早晨，疗养院的负责人宣布，来自匈牙利新锡德尔的路德维希·冯·科赫少将已于昨日午后逝世。在K.博士恳切的追问下，冯·哈通根博士才道出，冯·科赫用他那把老旧的军用手枪结束了自己的生命。不可思议的是，冯·哈通根博士补充道，不经意地比划了一个手势，他成功地同时射穿了自己的心脏和头部。被发现的时候，他整个人沉在扶手椅里，膝头摊着那本他一直在读的小说。

十月六日在里瓦举行的葬礼可谓凄凉之至。院方没能及时联系到这位无妻无子的将军唯一的亲属。前来送葬的只有冯·哈通根博士、一名护士以及K.博士。神父不愿安葬一名自杀者，只以最草率的方式履行了职责。悼词只是祈求全能的天父赐予这个沉默的、困厄的灵魂——神父说道，抬起眼皮责备地看了一眼——永久的安息。K.博士附议了这个微不足道的愿望，在仪式以几句咕哝结束后，与冯·哈通根博士保持一段距离，跟着回到了疗养院。那一日，十月的阳光特别温暖，K.博士不得不摘下帽子捏在手中。

在随后的几年里，长长的阴影笼罩着里瓦——正如K.博士有时自言自语的——美丽又可怖的秋天，从这些影子中逐渐浮现出一艘帆船的轮廓，船桅高得不可思议，上面悬挂着起皱的黑帆。整整花了三年时间，这艘船才缓缓漂进里瓦的小港口，仿佛被水背负着。它于清晨系泊。一个穿着蓝色罩衫的男人爬上岸，将绳子穿过铁环。船夫身后跟着两个身穿缀银扣深色外衣的男子，他们正抬着一副担架上岸，那块印花大绸布下面显然躺着一个人。那是猎人格拉胡斯。早在子夜时分，一只公鸡那么大的鸽子就已经向里瓦的长官萨尔瓦托雷宣告了他的到来。

它飞进他卧室的窗户，又飞到他耳边，说已故的猎人格拉胡斯明天就要来了，你得用全城的名义接待他。在片刻的踌躇之后，萨尔瓦托雷起身，开始准备一切必要的事宜。此刻，当右手戴着黑手套的他握着手杖和一顶系黑丝带的高顶礼帽，在曙光中走进市长办公室时，他满意地发现自己的指示得到了正确的遵守。由五十名男孩组成的仪仗队站在深长的走廊上，而在二层深处的一间房间里，正如船夫在门廊迎接时告诉他的，猎人格拉胡斯已被陈殓在那里——一个头发与胡须这时已经乱糟糟地长在一起的男人，皮肤与其说是黝黑，倒不如说是被鞣制过。

我们这些读者，作为猎人与里瓦市长官之间谈话的仅有目击者，对格拉胡斯的命运所知甚少，只知道在很多很多年前的黑森林，他一边提防那时仍到处游荡的狼，一边追逐一只羚羊，结果——这难道不是所有故事中最为古怪的谎话之一？——跌下山崖断了气。或许是错扳了一次舵柄，或许是船主一时疏忽，被猎人家乡深绿的美景分神，本该将他送去另一岸的帆船迷了航，所以他，猎人格拉胡斯，正如他自己所言，自此在尘世的水面不停流徙，试图在此处或彼处上岸。依然未得到解决的问题是，谁该为这桩无疑十分巨大的不幸负责；甚至是否真的存在罪过，是否真有引起不幸的明显原因都成问题。但在我看来，因为这个故事是K.博士编造出来的，所以猎人格拉胡斯不断旅行的意图可能是在为爱的渴念赎罪，正如K.博士在写给菲利斯的无数信件中的一封提到的，每当无法享受明显的合法之物时，这种渴念总会牢牢地抓住他。为了更好地解释这个有些晦涩的说法，K.博士提到前天傍晚发生的一幕，用布拉格一个犹太书店老板大概已经有四十岁的儿子，来结晶他在信中所述的这种非法的激情。此人即便说不上令人反感，也毫无人格魅力，生活中除了不幸几乎一无所有。他整日待在父亲狭小的店铺里，把祈祷披巾从钩子上取下来掸一掸灰，或者透过书籍——K. 博士特别指出，其中大多数都很低俗——之间的缝隙窥视外面的巷道。据 K. 博士所知，这个可怜的家伙自认为是德国人，因此每天晚饭后都要去“德国之屋”，为的是在一日结束前的最后几小时里沉溺于身为一名德国赌场俱乐部成员的幻觉。前天，K. 博士向菲利斯倾诉道，此人竟然成了他着迷的对象，而他完全无法解释这是为什么。前天傍晚，K. 博士写道，我偶然注意到他离开了书店。他走在我前面，就像眼下出现在我的记忆里的那个年轻人。他的背宽得出奇，走起来异常僵直，让人无法判断他是紧张还是畸形。但不论怎么说，他骨瘦如柴，还长着一个特别突出的下颚。现在你明白了吗，我最亲爱的，K. 博士继续写道，你能明白吗（请告诉我！），为什么我要如此渴望地跟着这个人穿过采莱特纳街，拐入格拉本大街，最后带着无限的欣喜目送他消失在“德国之屋”的门后？

整个结晶的过程应该没什么失误，而 K. 博士此时本应表白其必须假定仍未析出的渴望。但相反，他说，已经很晚了，并仓促地结束了这封以对菲利斯侄女照片的评论开头的信，他写道：是的，这个小孩值得被爱。这种充满恐惧的眼神，仿佛摄影棚里放满了世上所有令人惊骇的东西。可对于 K. 博士来说，既然对爱的恐惧居于世间一切恐惧之首，那需要什么样的爱才能使孩子免于这种恐惧？而我们又该怎么做，才不必像猎人格拉胡斯那样，在最后流徙尘世，无能为力地躺在长官的面前，身患一种只有躺在床上才能痊愈的疾病，在一个忘我的瞬间微笑着把手放在最终可以拯救我们的人的膝头。

归　乡*

一九八七年的夏末，在维罗纳结束了形形色色的工作后，因为无法在那里继续等待冬天来临，我在布鲁尼科以北很远的一家靠近植被边界的旅馆度过了整个十月。十一月的一个下午，当维内迪杰巨峰以一种极其神秘的方式从灰色的雪云后出现，我做了回英国的决定，但我想先回W待上一阵，在那儿度过孩提时代后，我就再没有回去过。因为从因斯布鲁克开往沙特瓦尔德的公共汽车每天只有一班，而且据我能够查到的，是在早上七点出发，我别无选择，只能乘坐给我留下过糟糕回忆的、途经布伦纳的夜间特快列车，大约于凌晨四点半抵达因斯布鲁克。无论我在一年中的哪个季节来到这座城市，它的天气总是那么恶劣。气温不可能超过五或六摄氏度，云层压得极低，笼罩了大片房屋，甚至遮蔽了曙光。此外，雨还下个不停。所以，进城或沿着因河稍作散步都是不可能的。我望着荒凉的火车站广场。偶尔会有一些车辆沿着黑亮的街道缓缓驶过。一种濒临灭绝的两栖动物的最后样本正撤往水域的更深处。连售票大厅都空荡荡，只有一个披着雨披、甲状腺肿大的矮个子男人。他把折起来的、仍滴着雨的伞扛在肩上，伞尖像步枪那样朝上，迈着稳重的步伐来回走动，转弯时特别精确，仿

* 原文为意大利语“Il ritorno in patria”。

佛在守卫一座无名战士墓。流浪汉一个接一个地出现了，说不清从哪里来的，最后一共来了十二个，里面还有一个女人。他们活跃地围着一箱奇迹般凭空出现在他们中间的歌瑟牌啤酒。蒂罗尔人喝起酒来不醉不休，这已经闻名遐迩，而受酒瘾驱使聚集到一起的这些因斯布鲁克流浪者当中，有的似乎是最近才离开中产阶级的生活，另一些则已经被彻底摧毁。每个人似乎都通过银行变成了哲学家甚至神学家，谈论着时事，也谈论事物的本源，说话特别大声的人，往往会在句子的中间陷入无言。不论什么话题，流浪者们都尽可能戏剧性地、断然地强调自己的观点，即便一个人无法再用语言表达头脑中刚刚冒出的想法，只能不屑地挥手表示反对，在我看来，他们的手势仿佛来自某种从未在我们的舞台上出现过的表演艺术的剧目。产生这样的印象可能是因为所有人的右手都握着啤酒瓶，只用一只手臂表现自己。或许，我从这一观察中得出结论，所有学戏剧的学生在接受训练之初都应该把右手绑在背后一年。我在这样的观察中消磨了好一阵子，直到越来越多通勤的人匆匆穿过前厅，流浪者们离开。六点整，所谓的蒂罗尔小馆开张了。我坐进这家比我去过的任何一家车站饭馆都荒凉百倍的餐馆，点了一杯早咖啡，翻了翻《蒂罗尔新闻报》，两者都没能改善我的心情。因此我一点也不奇怪事情接下来会变得更糟糕，当我丢下一句在我看来绝非不友好的对蒂罗尔菊苣咖啡的评价后，女侍者用一个人能想象到的最恶毒的方式回击了我。

对于浑身冰冷且因为熬夜而睡眼惺忪的我来说，这位因斯布鲁克女侍者的羞辱宛如一剂神经毒素刺痛着我的皮肤。报纸上的字母在我眼前颤抖、模糊，不止一次我感到体内的一切正在凝固。直到公共汽车驶出市内，我才渐渐舒服了些。雨势汹汹一如之前，连路边的房子都只隐约可见，更不要说远山。汽车不时停下，让一个老妇人上车，她们每隔一段距离就出现在公路边，站在黑色的雨伞下。很快,车上就坐了许多这样的蒂罗尔妇女。她们用我从小就熟悉的、像鸟语一样以喉咙后部发音的方言聊天，话题只有没完没了的雨，它已经使多地出现了严重的山体滑坡。她们说，草料在田里腐烂，土豆在地里腐烂，红醋栗已经第三年没有收成；今年八月初才开花的接骨木，在花开得正盛时全被雨水涝了；甚至，远近的村落里没有摘下过一颗能吃的苹果。当她们继续谈论着明显在不断恶化的天气，缺乏足够的阳光与温暖带来的后果时，外面的景色起初只是一点点，接着越来越明朗。现在，可以看见因河的水蜿蜒流过宽阔的多石地带,而很快,秀美青翠的草地也映入眼帘。太阳出现了，整片土地容光焕发，蒂罗尔妇女一个接一个地沉默下来，只是看着窗外的一个奇迹从身旁经过。我也和她们一样。汽车正离开因河河谷驶向费恩山口，四周仿佛刚上完清漆，雾气蒸腾的森林与蓝色的天穹对于从南方赶来、只需忍受蒂罗尔几小时黑暗的我来说，恍如一道启示。绿色田野中央的几只鸡一度吸引了我的注意力，尽管雨停还没多久，这些娇小的白色动物在我看来却已经无限远离它们的家园。出于某种我至今都无法言明的原因，这一小群敢于在辽阔的田野上行进这么远的鸡当时让我倍感亲切。我说不清某些事物或生物到底为什么有时会让我如此触动。汽车逐渐往高处爬。火红的落叶松林在山的两侧闪烁，雪已经积得很深。我们穿过费恩山口。从山峦延伸到森林的鹅卵石仿佛穿过头发的手指，溪流一成不变地沿着峭壁以谜一般的慢动作飞落（至少在我的记忆中是如此），眼前种种令我惊愕又称奇。在一个转弯处，我往下方深处望去，看到了方恩斯坦湖与萨马朗格湖松绿色的湖面，这是作为孩子的我，第一次坐着司机戈尔驾驶的一百七十升柴油机汽车游览蒂罗尔地区时所能想象得到的一切美的缩影。

中午时分——蒂罗尔妇女们早已在罗伊特、魏森巴赫、哈勒尔、坦海姆及沙特瓦尔德下了车——作为这辆公共汽车最后的乘客，我到达奥伯约赫的海关。在这段时间里，天气又变了。一层近乎黑色的暗云笼罩在整座坦海姆山谷的上空，给人一种被光和神抛弃的压抑。哪里都没有丝毫动静。在消失于山谷深处的公路上，连一辆车都看不到。一面是升入雾岚中的群山，另一面，隔着一大片潮湿的沼泽草地，一座楔形的黑蓝色云杉林拔地而起。值班的海关官员告诉我他家住玛丽亚赖因，并答应我下班后路过 W 时，会把我的行李捎去恩格尔旅店。我与他简单聊了几句这个可怕的季节，然后仅背着小小的皮背包出发，穿过与无人区接壤的沼泽草地，沿着阿尔卑斯山间的峡谷而下，来到克鲁门巴赫，再从那儿穿过翁特约赫、普法伊费尔磨坊，以及恩格普拉特到达 W。峡谷一片昏暗，让我无法想象此时已经是正午。只有在我的左边，从小路上看不见的小溪上方，摇曳着幽微的光亮。大概长了七八十年的云杉耸立在斜坡上，茂盛得看不见桠枝。即便那些从谷底长出的云杉，其墨绿色的顶盖也高悬于小路的上方。每当空中有动静，水滴就会像雨一般落下。略明亮些的地方零星长着几棵山毛榉，叶子早已落尽，树枝与树干早已因持久的潮气变得黑腐。除了从底下传来的水声，峡谷内没有一丝声响，连鸟鸣都没有，什么都没有。我的胸口越来越窒闷，似乎我走得越远，天气就越冷，光景就越暗。途中开阔之地不多，其中一个类似布道坛，向下可俯瞰瀑布与水潭，往上可仰望天空，但说不出哪一种角度更诡异，我站在那里，透过似乎在无休止地上升的树木，看见铅灰色的高处飘起了雪，但没有一片飞入谷中。继续走了半小时，峡谷到了尽头，克鲁门巴赫草原在我面前打开，我在最后几棵树下停留良久，在昏黑中凝视着奇妙的灰白色的雪，它的沉寂完全抹除了潮湿荒芜的田野中残存的那点苍白。克鲁门巴赫圣堂离森林边缘不远，它太小了，肯定容不下十二个人同时在那儿礼拜或祷告。我在这间砌有围墙的小屋里坐了一会儿。小窗外雪花飞舞，恍惚间我觉得自己正坐在驳船上，穿越辽阔的水域。潮湿的石灰味变成了海边的空气；我感到风拂过我的额头，地面在我的脚下晃动，我将自己委身于一条意念中的船，它正在离开洪水淹没的群山。然而，除了建筑变成木船，克鲁门巴赫圣堂最让我记忆深刻的是描绘苦路的画作，它必定是出自十八世纪中叶某只不甚灵巧的手，一半已遭霉斑覆盖、吞噬。即便保存得稍好一些的部分也很难准确地鉴别，只能依稀看出一些被疼痛与愤怒扭曲的脸、关节脱位的肢体，还有一只伸出去打人的手臂。深色的衣物消失在同样难以辨认的背景中。因此，仍旧可见的部分似乎是一场幽灵之战，不同的脸和手悬浮在腐朽的黑暗中。不论当时还是当下，我都记不起小时候有没有与祖父一同到过克鲁门巴赫圣堂，他去哪儿都会带着我。不过像克鲁门巴赫这样的圣堂在 W 周围有许多，我儿时在那里见过或感受过的许多东西都会留在我的心里，而画中描绘的残酷带给我的恐惧，并不亚于对内心能重获全然安宁这一无法实现的渴望。雪停之后，我继续前行，穿过布兰特河，沿着克鲁门巴赫一直走到翁特约赫，在那里的牧鹿酒吧喝了一份面包汤和半升蒂罗尔葡萄酒，既是为了暖暖身子，也是为接下来翻倍的路程做准备。也许是受到克鲁门巴赫圣堂糟糕画作的影响，我的脑海中又浮现出了提埃坡罗，很久以来我一直相信，一七五〇年秋，当他与儿子洛伦佐、多梅尼科搬离维也纳并途经布伦纳时，他正是在齐尔决定违背别人给他的建议，没有经塞费尔德离开蒂罗尔，而是跟随运盐的马车穿过费恩山口、盖希特山口、坦海姆山谷，越过奥伯约赫、伊勒河谷，一路向西，经泰尔夫斯走入低地。我看见了当时想必已年逾花甲、痛风相当严重的提埃坡罗在严寒的冬天，在维尔茨堡宫殿的楼梯间，躺在距离天花板半米的脚手架上，脸上溅满石灰与颜料，不顾右臂的疼痛，用一只稳当的手将颜料涂在一幅巨画上，让世界奇迹一点一点地从湿润的石膏中诞生。带着这样的遐想，以及对那位克鲁门巴赫画师的追念——或许是在同一年的冬天，他以不亚于提埃坡罗创作大型壁画的努力绘出了这幅囊括了十四站苦路的小型壁画——我继续往前走，彼时大约已经下午三点钟，穿过佐尔格施罗芬以及佐尔格阿尔普峰下方的田野，来到普法伊费尔磨坊前方的道路上。从这儿去 W 还需一个小时。走到恩格普拉特时，最后一缕阳光正在消退。我的左边是河，右边是滴水的岩壁，世纪之交，人们炸开了此处的山石，开了这条路。我的上方，以及很快也成为我后方的前方，只有寂然不动的黑色冷杉林。旅途的最后一段与我往昔记忆中的一样永无止境。一九四五年四月，在恩格普拉特发生了所谓的最后一战，正如 W 墓园至今依然立着的铁十字架上镌刻的，来自罗森海姆的二十四岁的阿洛伊

斯·蒂梅特、来自斯图加特的四十一岁的埃里希·戴姆勒、出生地不详的十七岁的鲁道夫·莱滕施托费尔，以及出生年月不详的来自伯尔内克的维尔纳·亨佩尔为国捐躯。在W度过的短暂童年里，我曾在不同场合听到人们谈论这场最后之战，并想象过那些脸被煤烟熏黑的战士如何蜷缩在树干后面，端着步枪，随时准备进攻，或者如何从一座山崖到另一座山崖，跃过最深的深渊，至少在我屏息或闭眼的那一瞬间，一动不动地悬在空中。

我离开恩格普拉特时已近薄暮。草原上升起了白雾，远处的河下游立着黑色的锯木厂，五十年代，也就是我刚开始上学没几天后，它以及它储存的所有木材葬身在一场照亮整座山谷的大火中。现在，黑暗同样降临在道路上。我记得，这条路以前是用细白的石灰岩铺的，比现在好走不少。在没有星星的黑夜，它就像一条闪亮的缎带在你的面前伸展，我这么想着，倏然意识到，现在我已经累得几乎抬不起腿了。此外，令我感到奇怪的是，从翁特约赫出发的这一路上，既没有一辆车从身后超过我，也没有车迎面向我驶来。在W的第一片屋群前的石桥上，我站了很久，聆听着阿赫河平稳的潺潺声，凝视着现已笼罩一切的黑暗。桥边的碎石地上长着柳树、颠茄、牛蒡灌木、毛蕊花、马鞭草与艾蒿，战后的好几个夏天一直有一群吉卜赛人在这里扎营。每当我们去村里为促进公共卫生在一九三六年修建的游泳池时，我们都需要从吉卜赛人身边路过，而每次母亲都会把我抱在怀里。越过她的肩膀，我看见吉卜赛人从他们总在忙着的各种活计中稍稍抬起头，然后又垂下双眼，好像在畏惧着什么。我不认为本地人中有谁同他们说过一句话，而且据我所知，他们从未到村里来兜售货物或给人算命。他们来自哪里，如何从战争中幸存下来，又为何偏偏选择阿赫桥旁这个不毛之地作为他们夏日的暂居处，一直到后来，当我翻阅父亲在首个所谓的战争圣诞节送给母亲的相册时，这些疑问才浮上我心头。相册里全是有关所谓波兰战役的照片，每张照片旁都用白色墨水清晰地标注着。从一些照片中可以看出，吉卜赛人被关押在一起。

他们和善地从铁丝网后面向外张望——那是斯洛伐克一个很偏远的角落，在所谓的战争爆发前几个礼拜，我父亲和他的汽车维修队就已经驻扎在那儿了。

我已经快三十年没有回过W。虽然在这段漫长的岁月里——我这一生再没有比这更漫长的时间——许多与W相关的地点，例如阿尔特阿赫的沼泽、教区的森林、通往哈斯拉赫的林荫道、自来水厂、彼得斯塔尔的瘟疫公墓，或驼背多普弗位于施雷的房子，在我白日与夜晚的梦中不断重现，甚至看起来比儿时更加真切，可我在夜里抵达的村庄对身处异乡的我来说，比想象得到的任何其他地方都更遥远。当我多年后第一次借着一盏苍白的路灯在街上行走，发现一切已全然改变，从某种意义上来说，这让我感到安心。林管员的房子，一栋饰有一只鹿角、前门刻着年份"1913"的木瓦小别墅，现在连同附带的小果园一起被辟为度假屋。消防站与它那百叶窗覆盖的漂亮塔楼已不见踪影，不再有灭火水龙悬挂在塔上寂静地期待着下一场大火。农舍一律经过改扩建。教区神父和小教堂神父的住所、学校、市政厅（只有一只手的抄写员菲尔古特会有规律地进出，祖父可以靠他来调整手表的时间）、奶酪店、救济所，还有米夏埃尔·迈尔的针线铺和杂货店，不是彻底被翻新，就是彻底消失。即便步入恩格尔旅店这个我们曾在它的二楼赁居多年的地方，我竟也一时不知自己身在何处，因为整栋房子从墙基到房椽都被重建改造，内部的陈设自然更不用说。如今的恩格尔旅店以风靡整个共和国的新德意志－阿尔卑斯风格把自己装扮成一个所谓的文雅好客的场所，而在当年它可是一家声名狼藉的酒馆，村里的农民在那儿一直闲坐到深夜，尤其在冬天，常常喝得不省人事。恩格尔酒馆在村中的地位之所以不可动摇，除了因为烟雾缭绕的酒吧，那里的天花板下方有我见过的最盘曲的炉管，还因为它有一个适合举办婚礼或葬礼的大礼堂，里面的长餐桌可以容纳半个村子的人。礼堂每两周还会放一次有声新闻短片以及像《海盗之爱》《尼科罗·帕格尼尼》《战斧》或《修士、女孩与游骑兵》之类的电影。可以看到游骑兵穿过稀疏的白桦林，而印第安人在一望无际的平原上打猎，跛足的小提琴手在监狱的墙角拉奏华彩乐段，而他的狱友正锯着铁窗栏。可以看到艾森豪威尔将军访韩归来，走下一架螺旋桨仍在缓慢旋转的飞机，猎人在修道院被熊爪撕开胸膛，趔趄着走回山谷，而政客们钻出大众汽车后座，来到议会大厦前。几乎每个新闻短片里都可以看到像柏林或汉堡这些城市的废墟，很长一段时间，我都不知道那是由战争最后几年的破坏导致的，反而以为这是所有大城市都具备的所谓的自然条件。不过，在恩格尔旅店礼堂举办的所有活

动中，让我印象最深刻的是一九四八年或一九四九年的冬天演了好多场的席勒的《强盗》。我肯定在旅店暗淡的礼堂中当过六次观众，有些人还是从邻村赶来的。此后我在剧院几乎再未体验过《强盗》曾带给我的那种震撼，比如被放逐到冰冷荒野中的老穆尔，比如耸着肩膀走来走去的阴森的弗兰茨，比如从波希米亚森林归来的浪子，还有如尸体般苍白的艾米丽亚，她古怪地微微转过身——每到这里我总是陷入极度兴奋——说："听！是不是大门在响？"强盗穆尔已经出现，她可以诉说她的爱如何让燃烧的荒漠之沙变绿，让野生的灌木丛开花，却认不出活生生站在她面前的这个男人，仍然以为他与她相隔山海，远在天边。每逢此时，我总希望能介入剧情，用一句话向艾米丽亚解释，她只需伸出手，就可以从尘世的牢笼走向她渴望的爱情天堂。不过，因为我无法下决心干预，舞台上可能发生的转折也从未在我眼前呈现。二月初，演出季快要结束时，剧组在邮政代办所旁边的草地上进行了露天演出，估计主要是为了拍摄剧照。这个如此产生的冬天的童话之所以引人注目，不只因为在露天表演时，连室内的场景都覆盖着白雪，更主要因为强盗穆尔是骑着马出现的，而这样的出场方式自然不可能

在恩格尔旅店的礼堂里实现。我相信正是借此机会，我才第一次注意到，马的脸上经常显露着某种疯狂的表情。不管怎么说，《强盗》在邮政代办所旁边的这场最后的演出，事实上也是W的最后一场戏剧表演。只有在狂欢节期间，演员们才会再次穿上戏服，加入狂欢的游行队伍，与消防队员和小丑们合影。

我按响的铃声久久未得到任何回应，直到恩格尔旅店接待台的后面出现一位极为寡言的女士。我没听见任何开门的声音，也没看见她走过来，她就这样突然出现在那里。她用毫不掩饰的厌恶打量我，或许是长途跋涉影响了我的仪容，或许是我的心不在焉令她费解。我要了二楼一间面向街道的房间，暂且没有确定退房的时间。尽管不费周折就可以满足我的这一要求——因为十一月对酒店业来说也是死亡之月，在这个月里，留守的服务人员在旅馆的空房间里缅怀着离去的客人，好像他们真的永远离开了——尽管二楼面向街道的一侧无疑是有房间的，可在把钥匙递给我之前，接待的女士还是不停地在登记簿上翻来翻去。好像很冷似的，她左手拿着毛线衫，只用另一只手磨蹭、笨拙地完成一切工作，在我看来，她这是在为自己争取思考的时间，看是否要接待这个十一月来的奇怪客人。我在登记簿的职业一栏填的是“驻外记者”，并写下了复杂的英语地址。这让她不禁扬起眉毛研究起来，因为究竟在什么情况下，又是出于什么原因，一个连胡子都不刮（！）的英国驻外记者才会在十一月徒步来到W，而且还不知道要在恩格尔旅店住上多久。当她询问起我的行李，而我回答说今天晚上一位奥伯约赫的海关官员会帮我捎来时，这位平素肯定非常干练的女士看起来极为不安。

至于恩格尔旅店在结构上的变化，可以确定地说，给我安排的房间和我们当年的客厅在同一个位置，这里曾摆满我父母购置的家具。当时，经过两三年的飞速发展后，在共和国式微时就已加入所谓十万军[1]的父亲即将晋升为军需官，毋庸置疑，他不单可以在新帝国中期许

1　1921年，魏玛共和国根据《凡尔赛条约》的规定建立国家防卫军，人数从帝国时代的七十八万减少到十万，只有精英分子可以加入。

一个光明的未来，甚至可以说已经获得了一定的社会地位。购置一套与自身地位相称的客厅家具（根据不成文的规则，在品味上得严格遵循代表着当时正在成形的无阶级社会的普通夫妇），对于均出身于闭塞地区 W（更确切地说是巴伐利亚森林）且早年生活颇多不易的我的父母来说，很有可能象征着一个重要时刻，让他们觉得更高的正义毕竟还是存在的。客厅里立着一个大橱柜，里面存放着桌布、餐巾、银餐具和圣诞装饰品，上半部分的玻璃门内侧还藏着一套中国骨瓷茶具，就我记忆所及，它从未使用过；餐具柜上放着一个上着奇特釉彩的陶钵，两只所谓的水晶花瓶对称地摆在钩织桌布上；可伸展的餐桌旁配着六把椅子；沙发上摆着各式各样的刺绣靠垫；墙上错落地挂着两幅用黑漆画框裱起来的小型阿尔卑斯景观画；小吸烟台上摆放着雪茄盒和香烟盒、一座彩陶烛台、一个用鹿角和黄铜制成的烟灰缸以及一个猫头鹰形状的电动吸烟器。除了窗帘、透明纱帘、吊灯与落地灯，客厅里还有一个竹制花架，一株椴树、一株银枞、一株圣诞仙人掌以及一株基督刺[1]，在不同的层架上过着严格有序的植物生活。还须一提的是，橱柜上面挂着一面无情计时的钟，橱柜上层挨着中国茶具放了一排用亚麻布

1 学者们一般认为罗马士兵在给基督编织荆冠时用的是滨枣的枝条。

装订的戏剧作品，作者分别是莎士比亚、席勒、黑贝尔和苏德尔曼。这些都是大众戏院出版社发行的廉价版本，是根本不会有上剧院这个念头，更别说读剧本的父亲某一天文化意识突然发作，从一个推销员手里一口气买下的。现在，我站在窗前看着下面的街道，客房已经离这一切非常遥远，但我离它只有一口气的距离，如果客厅的挂钟在我的梦里敲响，我不会有丝毫惊讶。

与 W 的大多数房子一样，恩格尔旅店的底楼和二楼也各被一条宽阔的走道纵向分为两部分。底楼的一侧是礼堂，另一侧是餐厅、厨房、冰库和厕所。二楼住着战后来到 W 的独腿的旅店老板萨拉巴与他美丽的妻子，她完全不掩饰对这个地方的厌恶。萨拉巴拥有许多优雅的西装和带饰针的领带。不过，与其说是他那在 W 属实稀罕的衣柜，不如说是他的独腿，以及他拄杖行走时的惊人速度及精湛技巧，让他在我眼里平添了一抹成熟老练之人的风采。据说萨拉巴是莱茵兰人——很长一段时间我一直无法理解这个词，还以为是指一种性格特征。除了萨拉巴夫妇与我们一家，二楼还住着恩格尔旅店的女主人罗西娜·措贝尔，自从数年前放弃旅店的经营权后，她就整天待在她那半明半暗的房间里，要么坐在扶手椅里，要么来回走动，要么躺在长沙发上。没人知道是红酒让她忧郁，还是出于忧郁她才端起了酒杯。没人见过她工作，无论是购物、做饭、洗衣服还是打扫房间。只有一次，我在花园里见到她手里拿着一把刀和一把韭菜，抬头望着那棵抽出新叶的梨树。旅店女房东的房门往往只是虚掩着，我经常去她那里，花好几个小时观赏她收藏的三大本对开的明信片集。手握酒杯的她有时会和我一起坐在桌子旁，每次只是告诉我，我碰巧指到的那个城市叫什么名字。随着时间的流逝，便产生了一长串的地名，比如库尔、布雷根茨、因斯布鲁克、阿尔陶塞、哈尔施塔特、萨尔茨堡、维也纳、比尔森、马里昂巴德、巴特基辛根、维尔茨堡、巴特洪堡和美因河畔的法兰克福。还有许多来自梅拉诺、博尔扎诺、里瓦、维罗纳、米兰、费拉拉、罗马和那不勒斯的意大利明信片。其中一张印着浓烟滚滚的维苏威火山的明信片，不知何故出现在我父母的相册中，进而成了我的所有物。第三

本收集的都是来自海外的明信片，主要来自远东、荷属印度支那、中国和日本。这数百张美术明信片都是罗西娜·措贝尔的丈夫收集的，这位恩格尔旅店的旧主人在婚前为游历世界，花去了可观遗产中的一大部分，这时已卧床数年。据说他躺在罗西娜隔壁的房间里，臀部有一个无法愈合的大伤口。据说年轻时为了不让父亲发现，他把违令吸食的雪茄藏进了裤兜里。当时的烧伤很快痊愈了，可后来，当他快五十岁时，伤口二度裂开，且再也无法愈合，是的，创面每年都在扩大，大家都说他大概很快就会死于坏疽——这种我无法理解的说法在我眼里成了某种审判，我还在脑海中描绘出了恩格尔旅店的房东在颜色各异的火焰[1]中殉难的画面。不过我从未见过他本人，而且在我的记忆中，本就寡言的女房东从未提起过他。然而，有几次我好像听到他在另一个房间里喘气。后来，随着距离越来越远，房东的存在在我这里变得越来越不真实，更像是我幻想出来的。然而，这一想法被在 W 的进一步调查推翻了。事实证明房东夫妇还有一对子女，名叫约翰内斯和玛格达莱娜，比我大不了几岁，由他们的阿姨在别的地方带大，因为女房东在玛格

1　德语中的“Brand”是火灾的意思，在南德及奥地利部分地区的方言中又有坏疽之意。

达莱娜出生后不久就开始酗酒，失去了照顾孩子的能力。而她之所以对我表现出无限的耐心，或许是因为在其他时候她都不必照顾我。我常坐在她的床上——她坐床头，我坐床尾——向她背诵所有我牢记于心的东西，甚至包括主祷文、三钟经以及其他久未从她嘴唇经过的祈祷词。我仍能看见她聆听我时的情景：头斜靠着床，双眼紧闭，身旁床头柜的大理石台面上放着玻璃杯和卡尔达罗葡萄酒，痛苦与宽慰的表情交替地掠过她的脸庞。我也是在她那儿学会了打领结。每次离开她的房间时，她都会伸出手摸摸我的脑袋。直到今天，我的额头有时依然能感受到她的拇指。

恩格尔旅店对面原本是泽洛斯的房子，后来安布罗斯一家搬了进去，我母亲时常上那儿，因为她和安布罗斯家的孩子们非常亲，他们比她小十岁左右，在长大的过程中时常受到她的照料。安布罗斯一家上世纪从蒂罗尔的伊姆斯特搬来W，如果他们有什么做得不对的地方，村里人就叫他们蒂罗尔人。不过就算是平时，一般也没有人叫他们安布罗斯，而是以他们买下的这所房子称呼他们为玛利亚·泽洛斯、莱娜·泽洛斯、贝内迪克特·泽洛斯、卢卡斯·泽洛斯和雷吉娜·泽洛斯。玛利亚·泽洛斯是个身形宽大、行动缓慢的女人，自从身为浸礼会信徒的丈夫多年前去世后，她就一直穿黑衣，且每天的时间都花在用土耳其的方式煮咖啡上，大概是在纪念她的丈夫，这个建筑工程师一战前在君士坦丁堡工作了十八个月，从那儿带回了煮咖啡的艺术。W 及其周边几乎所有的大型建筑，如校舍、哈斯拉赫火车站，乃至为整个地区供电的水电站，都是在安布罗斯工程师的绘图板上设计出来的，也是在他的监督下竣工的。就像人们常说的，他走得太早：一九三三年五一劳动节，他因中风离世。有人发现他瘫倒在工作室里的蓝图复印机上，耳朵后面插着一支铅笔，手里还握着一把圆规。泽洛斯一家靠着这位浸礼会信徒留下的遗产，以及他生前购置的田地和两栋楼生活。他的工作室被租了出去，奇怪的是，租给了一个名叫埃克雷姆、大约二十五岁的土耳其人，他是在“推翻”[1]——按照他们过去的说法——之后从天晓得的什么地方来到 W 的，并在厨房里制作大量的土耳其蜂蜜拿到集市上售卖。也许正是埃克雷姆教会了玛利亚·泽洛斯如何煮摩卡，而且他有一套自己的弄到黑咖啡的法子，使得玛利亚即便在最困难的时候，也能喝上黑咖啡。莱娜·泽洛斯曾为埃克雷姆生下一个孩子，

1　英译本的理解是 1918 年对德意志帝国的推翻，但考虑到埃克雷姆的年龄，更有可能是指 1933 年 1 月随着政府可以在议会之外制定法律，合法地为其犯罪目标服务，魏玛宪法及建立在宪法之上的共和被推翻。不过这一推翻被当时的德国人积极地理解为大变革。

但正如村里人所说的，幸运的是，孩子只活了一周。我清楚地记得那副小小的白色婴儿棺材如何被放置在大大的黑色灵车上，由农夫埃德的黑马驮到墓地，葬礼上的雨水又是如何顺着泥堆流进小小的墓穴。不久之后，甚至可能在那之前，埃克雷姆在W销声匿迹，据说他在慕尼黑开了一家热带水果店。莱娜则移居加利福尼亚，嫁给了一位她将与其一起死于一场车祸的电话工程师。

泽洛斯家族中还有浸礼会信徒的三个未婚的姐妹，即住在隔壁屋的芭贝特阿姨、比娜阿姨和玛蒂尔德阿姨，以及同样单身的彼得叔叔。彼得年轻时是个修车匠，摊档就开在泽洛斯家房子的后面。战争结束后的那段时间，应该已有六十岁的他总是在村头游荡，观察别人如何劳作，偶尔才拿起工具在自己的院子或花园里倒弄两下。我从未见过彼得其他的样子，因为许多年以前，他的神志便开始逐渐丧失。起初的表现是越来越荒疏业务，虽然也接下委托，但只完成一半，或者根本不完成，反而把时间花在他那复杂的“伪建筑计划”上，比如在阿赫河上建一座水屋，或者环绕教区森林最高的冷杉的顶端建一座布道坛，以螺旋楼梯为支撑，这样每年的某一天，教区牧师可以对着他的森林发表演说。可惜的是，彼得一页页起草的这些计划最后大多不知所踪，他本人也从未认真对待过。唯一实现的是他所说的小阁，建在泽洛斯家的屋架上，也即在屋脊下方一米的地方嵌入一个木质平台，然后把瓦片撤走，在平台上搭一个穿过并高出屋脊的木头框架，里面放置一个玻璃瞭望台。从这个有利位置，可以看到村里的屋顶，远处的沼泽与田野，以及从谷底升起的山林的阴影。小阁花了很久才建好，而在独自庆祝完封顶仪式后，彼得好几个礼拜没离开过他的观察站。据说战争初期的大部分时间，他都在上面度过，白天睡觉，晚上研究星星。他把星座描画在深蓝色的大张卡纸上，或用刃度不一的刻刀在星辰的位置上钻

孔，这样当他把蓝色卡纸固定在玻璃屋的木框架上，他就能享受到身处天文馆的幻觉，让星光熠熠的天穹拱卫在自己的头顶上方。战争快结束时，向来胆小的贝内迪克特·泽洛斯被送去拉施塔特的一所士官学校，而彼得的境况明显变糟。有时，他会披着从他的星空图上裁下的斗篷在村子里游荡，与人谈论白昼也能从井底和峰顶看见星星；这或许可以安慰到他，因为每当从前让他渴盼的黑夜来临，如今的他会万分惊恐地捂住耳朵，或是像疯了一样乱舞。因此，他们在第一层楼梯平台为他打造了一个从外面照亮的板条房，把他的床放在里面。下午还没过去，他就立即自觉地钻了进去。打那时起，小阁就被闲置。直到锯木厂起大火那日，才有人再次想起这座瞭望台。我们所有人，包括泽洛斯全家以及街坊中的大半都登了上去，看巨大的火柱冲天而起，照亮远去烟云的底部。彼得叔叔却不在我们身边。就在锯木厂被烧毁的那一年，他被送进了普夫龙滕的医院；因为突然之间，不论谁给他送去食物，即便是泽洛斯家最漂亮的孩子、他最信任的雷吉娜，他都不吃。可彼得不允许自己被关在医院里，第一天晚上就跑了，只留下一张纸条，据说上面写着：我尊敬的医生！我去蒂罗尔了。向您致以最崇高的敬意，彼得·安布罗斯。接下去的搜寻并未取得任何结果，至今无人听到过他的消息。

在W停留的头几天，我没有离开恩格尔旅店半步。夜里被梦境困扰的我，需要借助天亮才能安宁下来，然后一觉睡过整个上午，这在平时根本不可能。下午我则坐在空荡荡的酒吧里做笔记，整理自己的思绪。晚上那些几乎都是我从学生时代起就认识的，因此在我看来就像是一下子变老的村民进来时，我会不知厌倦地假装看报纸，实则听他们聊天，并点上一杯又一杯的勒格瑞葡萄酒。他们大都像从前那样戴着帽子，弓身坐在一幅巨大的伐木工劳作图下方。这幅从老恩格尔时代起就一直挂在同一个地方的画，现在已变得黑黢黢，无法一眼辨认出上面画的是什么。只有在盯着它看一段时间后，伐木工的幻影才浮现出来。他们正在剥树皮，用夹钳夹紧伐倒的树干，那有力的伸展和摆动的姿势，是按照颂扬劳动与战争的手法描绘的。这幅画无疑出自画家亨格之手，他创作过不少类似的表现伐木工的画，名声在三十年代达到顶峰，远至慕尼黑都能听到。在W及周边地区的墙上到处能见到他的壁画，总是棕色调的，主题不外乎伐木工、偷猎者，还有扛着鞋会[1]旗帜的起义农民，除非客户提出特定的要求。比如泽费尔德家——我祖父在

1　15世纪末至16世纪初活跃在德国西南部的农民起义组织，以农民的鞋为标志。

他们家的阁楼住过，我是在那儿出生的——就有一幅汽车比赛的画，因为技艺纯熟的铁匠尤尔·泽费尔德认为这和他在战前新开的机器修理店很匹配，且符合W现在也已经开始的新时代；村边的变电站甚至还有一幅关于

水力发电的寓言式绘画。亨格的所有这些画都有某种让我特别不安的地方，尤其是赖夫艾森银行的那幅湿壁画。

画中手持镰刀的高个子农妇站在收获季节的田野前，在我眼里却始终像是站在可怖的战场上，每次经过她身边，我都被吓得不得不移开视线。因此画家亨格完全有能力拓展自己的创作范围，可每当可以完全遵循自己的艺术感时，他非伐木工不画。即使到了战后，他的那些纪念碑式的作品出于各种原因不再受追捧，他也并未止步。到最后，据说他的屋子里堆满了伐木工画，几乎连下脚的地方都没有，而死亡让他措手不及，正如讣告上所说的，他当时正在画一个坐在木雪橇上飞速冲下山谷的伐木工。在回忆亨格的画作时，我突然意识到，在七八岁之前，除了教区教堂里的壁画，我基本上只见过他的画。而现在看来，是所有这些伐木工画、十字架苦像，还有描绘莱希费尔德之战的巨幅画作——画中采邑主教乌尔里希骑着白马把一个倒在地的匈人踩在脚下，每一匹马的眼睛里都闪耀着疯狂——给我留下了毁灭性的印象。因此，在笔记做到一定程度后，我便离开了恩格尔旅店酒吧的座位，重新去观赏亨格的画——只要它们还在那。我不

能说它们带给我的惊骇在重逢时有所减弱，事实上恰好相反。无论如何，借着从一幅画走向另一幅画，我穿过田野，走进星散在山坡上的小村庄，来到比希尔、阿德尔哈尔兹、阿赫河畔的恩特哈尔普、贝伦温克尔和容霍尔兹，穿过整个罗伊特，再走到哈斯拉赫、奥伊、施雷和埃勒格，所有这些儿时随祖父走过的路在我的记忆中如此重要，但在现实中，我如今不得不承认，几乎毫无意义。每次出行后，我总是沮丧地回到恩格尔旅店，写些自相矛盾的笔记，最近我好歹还能从中找到某种依靠，尽管画家亨格的例子与绘画艺术的可疑本质总在警醒着我。

我了解到泽洛斯家只剩下卢卡斯仍住在W。他把房子卖掉后，搬进了隔壁芭贝特、比娜和玛蒂尔德曾经生活过的小房子里。在最终决定去拜访他时，我已在W待了快十天。他一见面就告诉我，他好几次看到我从恩格尔旅店出来，但想不起来我是谁。但当他现在仔细回想，我让他回忆起的自然不是曾经的那个孩子，而是我的祖父，我有着与他相同的步态，而且和他一样，从正门出来后会先驻足看看天气如何。我觉得我的来访让卢卡斯很高兴，因为这个被关节炎弄得逐渐无法行走，不得不在五十岁时提前进入退休状态的前锡匠，现在只能整天坐在家里的沙发上，而他的妻子则继续经营着老施佩希特的文具店。他从来没有料想到，他旋即告诉我，当一个人被迫靠边站后，日子、时间与生命竟变得如此漫长。此外，让他倍感沉郁的是，除了嫁给北德一个实业家的雷吉娜之外，安布罗斯家就只剩下他一人了。他给我讲了彼得叔叔消失在蒂罗尔的故事，以及不久后他母亲的去世，在生命的最后几周里，她的体重掉得特别厉害，以致无人能认出她来。他还花了很长时间详述从孩提时代起就形影不离的芭贝特和比娜阿姨如何奇怪地在同一天过世，一个因为心力衰竭，另一个则因为心碎。至于美国那场让莱娜与丈夫丧命的车祸，他说，能够找到的消息并不多。他们俩似乎是开着一辆新的奥兹莫比尔——从照片上看，轮胎的侧壁是白色的——就这么冲出公路，一头扎进了深渊。玛蒂尔德坚持了很久，活了八十多年，也许因为她是他们中间头脑最清醒的一个。某天夜里，她在自己的床上安详地离开了人世。第二天，卢卡斯的妻子发现了她的遗体，就和每天晚上入睡时一个模样。说起贝内迪克特，他却不愿透露更多细节，只说他早已被厄运吞噬，而现在该轮到自己了。卢卡斯用这句话不无快慰地——在我看来是这样——结束了安布罗斯家的家族史，现在他想知道，是什么让我时隔多年又回到W，偏偏还是在十一月。令我惊讶的是，他立刻就明白了我烦琐的、时而自相矛盾的解释。当我提到这些年来我弄明白了很多事情，可事情远没有因此变得更清楚，反而更加令我不解时，他特别同意。我从过去收集的图像越丰富，我说，我就越不可能相信过去以这种方式发生，因为里面没有什么是正常的，绝大多数都是荒诞的，不然就是骇人的。卢卡斯说，他现在整天躺在沙发上，最多在家里做一些无用的琐事，完全无法想象自己曾是一个出色的守门员，而且日益陷入严重抑郁的自己还一度在村子里扮演过小丑，甚至——我依稀记得——义务担任过好多年的狂欢节小丑，因为上哪儿都找不到能与他相比的继任者。回首这段光辉岁月时，卢卡斯患痛风的双手灵活了起来，向我展示他如何挥舞那把狂欢节大剪刀（他说这需要非凡的力量与平衡性），以及如何在女人们最意想不到的时刻用响板从她们身后探进裙底。当她们锁上顶楼的房门，自以为可以安全无虞地探出窗外看狂欢节花车经过时，他已顺着房子后面的打谷场或墙树爬上楼，给她们期待的惊吓，尽管她们从不承认这一点。他也经常摸进厨房，偷走烤好的甜面包圈，分发给街上的女人们，她们总会热情而又长久地鼓掌，直到回家看到空盘子，才意识到那是她们自己的东西。

我们从狂欢节聊到印刷商施佩希特，他的文具店现由卢卡斯的妻子经营。卢卡斯说，都已经到了狂欢节，施佩希特店里的圣诞树仍然留在橱窗里；事实上，这棵在去年基督降临节的最后一周摆放的、已经一根松针都不剩的圣诞树，不仅会在橱窗里待完整个狂欢节，一般还会被留到复活节，要不是有人敦促他至少在圣体节游行前及时撤下，它可能还会在那里。施佩希特自二十年代以来一直独自一人为两周发行一次的四页信使报做着撰稿、编辑、排版及印刷的工作，他是个极其内向的人，不过这在印刷商中并不罕见。再者，天天和铅字打交道让他变得越来越低微而黯淡。我对施佩希特有着清晰的记忆，我先是在他那儿买滑石笔，之后又买蘸水笔和用木浆纸订成的练习本，这种本子写起字来笔尖总是发涩。他年复一年地穿一件几乎拖到地上的灰色印花棉大衣，戴一副圆形钢架眼镜，每当门口的铃铛提示有人进店，他就会拿着一块满是油渍的抹布从印刷房里出来。但一到晚上，就可以看到他坐在餐桌前，借着台灯的光

亮，为他的《乡村信使报》撰写文章及报道。卢卡斯认为，施佩希特日复一日为《乡村信使报》写的很多东西都被作为编辑的他给否决了，原因是不符合刊登的标准。时候已经不早，我们的卡尔达罗葡萄酒也喝完了，卢卡斯仍带我在房子里转了转，向我展示芭贝特和比娜的阿尔卑斯玫瑰咖啡馆所在的位置、兰鲍塞克医生做手术的地方，以及三姐妹的卧室与客厅。当我离开时，卢卡斯痛风的手指像鸟爪般久久地钳住我的手，我说我很愿意再来看看他，如果他不介意的话，多谈谈过去的事。是啊，卢卡斯说，回忆这件事真的很奇怪。当他躺在沙发上追溯往昔时，他常有种感觉，似乎他的白内障终将被刺穿。

当天夜里，在恩格尔旅店打开第二瓶卡尔达罗葡萄酒时，我重新拼整了一些关于阿尔卑斯玫瑰的事。到底是芭贝特和比娜想开咖啡馆，还是浸礼会信徒认为这能养活他没嫁出去的姐妹，已没人能记得清。无论如何，确实曾有一家阿尔卑斯玫瑰咖啡馆，且一直经营到芭贝特和比娜姐妹过世为止，尽管从未有客人光顾。在夏天的前花园里，一棵精心修剪过的椴树用它的叶子编织成优美宽舒的伞盖，下面放着一张绿色的金属小桌子和三把绿色的花园椅。前门总是开着，每隔几分钟比娜就会在门口出现，看看花园里有没有客人已在某时到来。无法说清楚为何无人光临。情况如此惨淡的原因，大概不仅仅是当时没有所谓的陌生人会在暑假来W，更主要是芭贝特和比娜将这家咖啡室兼葡萄酒屋作为某种老姑娘的会客厅来经营，村里的男人们对此没有一点兴趣。我和卢卡斯都不知道两姐妹在创业初期营造出了怎样的形象。唯一可以肯定的是，无论芭贝特和比娜曾经是或想成为怎样的人，她们最终都被持续多年的失望以及一次又一次重燃的希望毁了。这种摧残和她们无休止的彼此依赖对她们生命造成的损害，最终让她们成了别人眼里的一对疯老太。比娜会用手把围裙抚得平平整整，不停地在屋子与前花园之间来回，而芭贝特整天都坐在厨房里折叠茶巾，折了又拆，拆了再折，这当然没什么用。光是为了维系这间咖啡馆，两人就已经够费劲了，如果有一天真有客人光临，都不知道她们会做出什么事来。即便煮一锅汤，卢卡斯告诉我，她们更多也是相互碍事而非互相帮助，而每次烤制周日蛋糕都要小题大做地花掉她们整个周六的时间。尽管如此，每当周末临近，芭贝特就会像比娜怂恿她那般怂恿比娜一起烤个蛋糕，不是苹果蛋糕，就是古格霍夫蛋糕。大功告成后，她们会庄严地把蛋糕端到两人所说的咖啡室，新撒上糖霜，然后完好地放入餐具柜上的玻璃罩里，挨着上周六烤好的苹果蛋糕或古格霍夫蛋糕，这样周六下午来的客人就有两个蛋糕可选——一个不新鲜的苹果蛋糕和一个新鲜的古格霍夫蛋糕，或一个不新鲜的古格霍夫蛋糕和一个新鲜的苹果蛋糕。到了周日下午就没这个机会了，因为芭贝特和比娜会在周日下午搭配咖啡吃掉不新鲜的苹果蛋糕或古格霍夫蛋糕，芭贝特习惯用蛋糕叉吃，比娜则老是把蛋糕泡在咖啡里，一直没能让她改掉这个习惯成了芭贝特的遗憾。吃完陈蛋糕后，两人会在咖啡室里厌腻地、一言不发地坐上两小时。餐具柜上方的墙上挂着一幅画，画中是一对正欲殉情的情侣。这是一个冬天的夜晚，月亮钻出厚云，只为见证最后的时刻。两人站在木制小码头的尽头，即将迈出决定性的一步。姑娘和男人的脚同时悬在深渊之上，让观者松一口气的是，两人都没有失去重心。我只记得姑娘的头上裹着一层淡绿色的薄纱，而男人深色的外套在风中绷紧。画的下方放着为即将到来的一周准备的蛋糕。墙上的挂钟嘀嗒走动着，每次开始敲点报时前，都会发出一声长长的悲吟，好像无法宣布它又丧失了一刻钟。透过窗帘的，不止夏天临近傍晚时的阳光，还有冬天的第一缕晨光，不过中间桌子上放着的一盆从未移动过位置的高大的虎尾兰，看不出一点时光流经的痕迹，而阿尔卑斯玫瑰的一切似乎隐秘地围绕着它旋转。

一般来说，祖父每周去一次阿尔卑斯玫瑰拜访玛蒂尔德。两人通常先玩几圈牌，接着便聊开了，显然他们总有聊不完的话题。因为玛蒂尔德不允许任何人，哪怕是祖父进入她的房间，所以两人会坐在咖啡室里，而把玛蒂尔德奉为更高权威的芭贝特和比娜在祖父造访时总是待在厨房里，这几乎成了一种习惯。祖父上哪儿我几乎都跟着，所以我也常常去阿尔卑斯玫瑰。我坐在那儿，手里拿着覆盆子饮料，看纸牌被洗好、切开、分发、抽出、放到一边、计数，然后再次被洗。祖父玩牌时会遵循戴帽子的旧俗，直到牌局结束，玛蒂尔德去厨房煮咖啡，他才把帽子拿下来，用手帕擦拭额头。我对他们在喝咖啡时谈的事情几乎毫无概念，因此一旦他们开始聊天，我通常就走到外面的花园里，坐在绿色金属桌旁的一张椅子上，翻阅玛蒂尔德每次都会为我准备好的旧地图集。地图集中有一页按长度和高度依序列出了地球表面最长的河流与最高的山峰，而在那些奇妙的彩色地图中，甚至可以看到最遥远的、几乎未经探索的大陆；因为我只能部分破译出那些细小的文字说明，就像早先的制图员面对着这个世界那样，它们在我眼里似乎囊括了所有只能想象的秘密。天气恶劣的季节里，我则坐在楼梯间的二楼平台上，把地图集摊开在膝头，光线会从楼梯间的窗口透进来，而挂在墙上的那幅油画里，野猪从黑暗的森林中一跃而出，惊动了正在林中空地吃早餐的猎人。这幅除了野猪和大惊失色的绿衣猎人，在空中飞

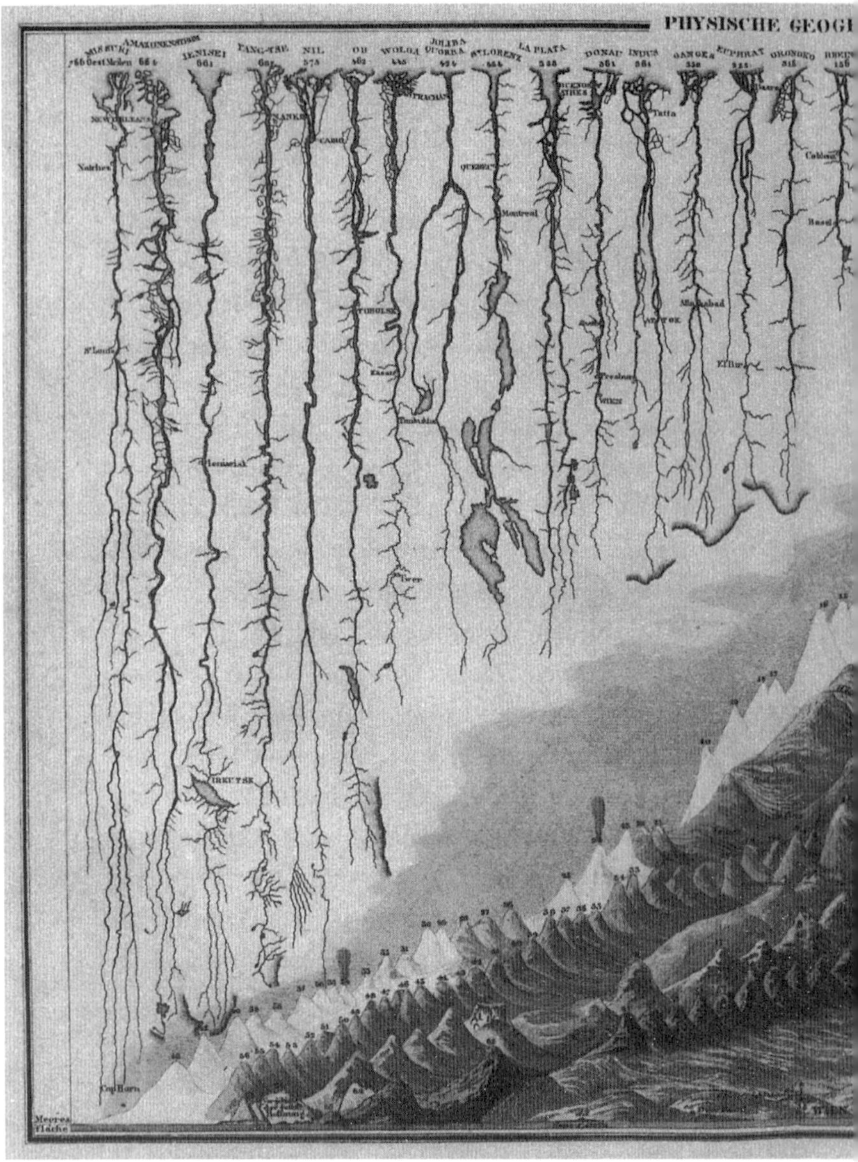
PHYSISCHE GEOGR
MISSURI
AMAZONENSTROM
JENISEI
YANG-TSE
NIL
OB
WOLGA
DONAU
INDUS
GANGES
EUPHRAT
ORONOKO
LA PLATA
St LORENZ
Meeres fläche

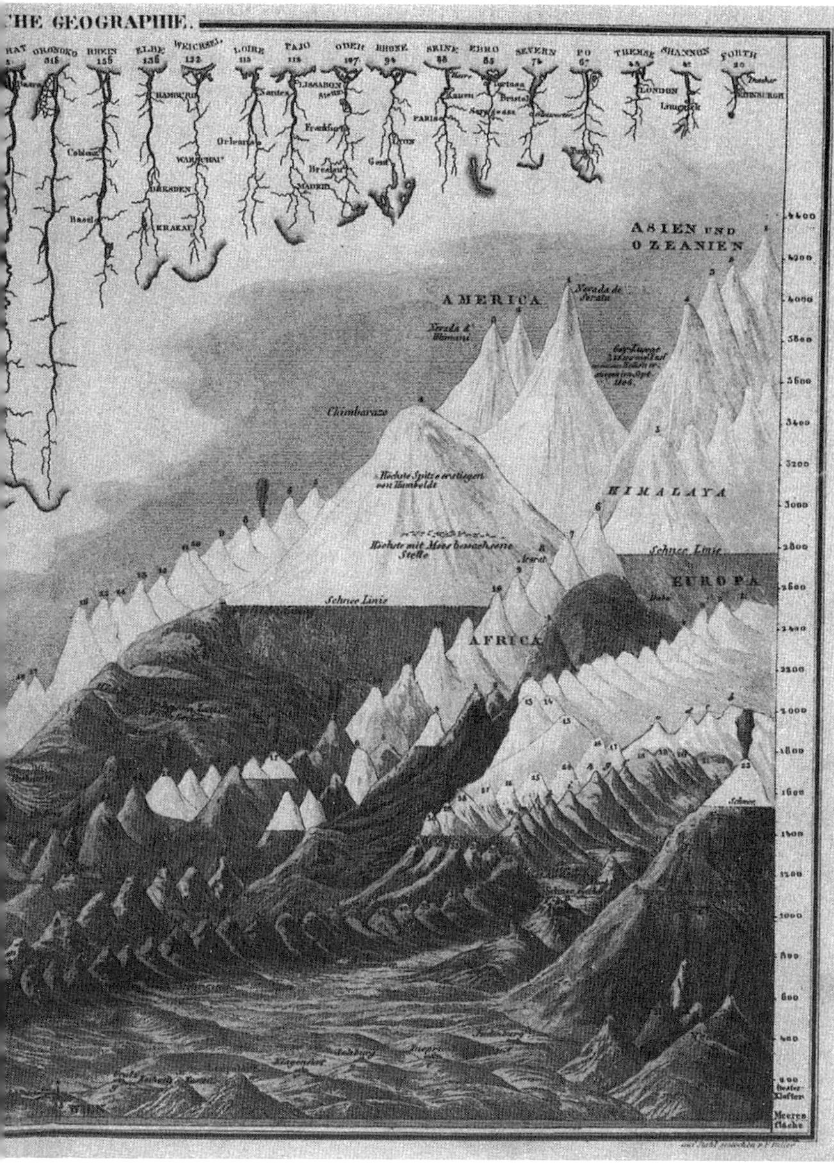

CHE GEOGRAPHIE.
ORONOKO
RHEIN
ELBE
WEICHSEL
LOIRE
TAJO
ODER
RHONE
SEINE
EBRO
SEVERN
PO
THEMSE
SHANNON
FORTH
ASIEN UND OZEANIEN
AMERICA
Chimborazo
HIMALAYA
Schnee Linie
EUROPA
AFRICA
Meeres fläche

簈的盘子和食物也被勾画得细致入微的画作名为《在阿登森林》。这标题本来完全无害，却在我内心唤起了比画本身所传达的更危险、更莫测、更玄奥的东西。玛蒂尔德明令禁止我打开顶层的任何一扇门，这让“阿登森林”一词显得更加神秘。尤其是在她关照我绝不可以爬上阁楼时，她以她特有的说服力让我明白灰猎人就住在那里，但她没有告诉我更多的细节。对我来说，二楼的楼梯平台某种程度上就是禁忌的边界，蛊惑的力量在那儿极其强烈地拽着我。因此每次祖父离开咖啡室，戴上帽子，与玛蒂尔德握手告别时，我都有种得到拯救的感觉。

再次拜访卢卡斯的时候，我们登上了阁楼。有可能是我把话题引到了阁楼上。照卢卡斯看来，那儿应该一直没什么大的变化。他说自打阿姨们过世后他接管这栋房子，他就没有清理过阁楼，因为里面堆放的设备和各种废旧物，即便在当时也令他力不从心。阁楼上的景象确实让人望而却步。箱子和篮子堆在一起，麻袋、皮具、门铃、绳索、捕鼠器、蜂箱的巢框和各种护套挂在横梁上。在一个角落里，一支低音大号在一层灰下发着微光，在它的旁边，一张曾是红色的羽绒被上压着一个被遗弃很久的大马蜂窝。无论黄铜大号还是已成碎片的灰纸箱，都表明了在统治这座阁楼的无限寂静中，所有物质都在缓慢地解体。然而这种寂静是不可信的。衣箱、五斗橱和衣柜的盖子、抽屉和门半开着，里面装满了各种可以想得到的器具和衣物。不难想象，在我们进来的那一刻之前，这个由种类繁多的物体组成的集合一直在以某种进化的方式运动着，只因我们的出现才静下来，假装什么都没有发生过。一个看起来倾斜到快要倒下的书架立刻吸引了我的注意力，上面放着玛蒂尔德的近一百册藏书，它们现在已归我所有，且对我越来越重要。除了上世纪的文学作品、极地探险记录、几何学和结构力学教科书，以及一本可能曾属于浸礼会信徒的土耳其语字典（连同一册袖珍书信指南），还有大量具有思辨性质的宗教作品、十七世纪及十八世纪初的祈祷书，其中有些插图毫不掩饰地描绘了等待我们所有人的苦难。

令我惊讶的是，在这些宗教作品中还混着几本巴枯宁、傅立叶、倍倍尔、艾斯纳和兰道尔的论著，以及一本莉莉·冯·布劳恩[1]的自传体小说。当我问起这些藏书的来历时，卢卡斯只能告诉我，玛蒂尔德一直在研究些什么；我好像也记得，她被村里人视为一个怪人。就在第一次世界大战爆发前不久，她加入了雷根斯堡的英国圣母[2]修道院，但没等战争结束就离开了，个中缘由卢卡

1 上述几位作者均为无产主义或社会主义者。

2 正式名称为圣母马利亚会（IBMV），旨在教育女青年，1609 年由英国修女玛丽·沃德创办。

OFFICIUM
Für die abgestorbene Seelen in dem Fegfeur.

斯也不是特别清楚。到了红色时期，她在慕尼黑待了几个月，之后在一种极度不安、几乎失语的状态下回到W的家。卢卡斯说，他当时当然还没有出生，不过他清楚记得母亲曾提起玛蒂尔德从修道院，从慕尼黑回到W时，精神是多么紊乱。偶尔心情不好时，母亲甚至会叫玛蒂尔德红色修女。然而，玛蒂尔德重获内心的平衡后，这类言论再也不能激怒她。恰恰相反，卢卡斯说，她显然对自己的隐居感到越来越自在，事实上，她年复一年地走在她鄙夷的村民中间，永远身穿黑色裙装或外套，戴着一顶帽子，即便在最晴朗的天气里也从不忘带伞，就我童年的记忆所及，她这么做时包含着某种相当欢快的东西。

我继续在阁楼里探索，时不时捡起一件东西，比如一个光头的陶瓷娃娃、一个金翅雀笼子、一把自动步枪或是一个旧的牛皮背包，与卢卡斯讨论它们可能的来源与历史。这时我留意到有个穿着制服的身影，在阁楼窗户斜射进来的光线背后，像幽灵一样时而清晰，时而模糊难辨。细察之下，原来是一个陈旧的成衣人体模型，套着青灰色的裤子和上衣，上衣衣领的翻边与滚边想必曾经是草绿色的，而纽扣是金黄色的。假人的头上戴着一顶同为青灰色的帽子，饰着一根绿色的公鸡尾羽。或许是因为被掩藏在透过天窗穿过阁楼黑暗的光纱——物质分解成失重的反光微粒在其中无休止地旋转——后面，这个灰色的身影立刻就给我留下了极为神秘的印象，从它身上散发出来的沉寂的樟脑气味更是加强了这一印象。不过当无法完全相信自己眼睛的我走近它，触摸其中一只垂下的空袖子时，令我陷入彻底恐惧的是，它化成了齑粉。从我后来的调查来看，那件青灰与草绿色相间的制服极有可能属于某个奥地利猎人，这些猎人曾在一八〇〇年前后拿起武器抵抗过法国人。当卢卡斯告诉我一个还与玛蒂尔德相关的故事之后，这个猜想变得更加合情理。他说一个泽洛斯家的远祖曾带领一支在蒂罗尔集结起来的千人部队穿过布伦纳山口，沿阿迪杰河而下，经加尔达湖进入意大利北部的平原，在可怖的马伦哥战役中全部丧生。对我而言，这个在马伦哥倒下的蒂罗尔猎人的故事的意义尤其在于让我意识到，童年时因为据称有灰猎人而被禁止爬上去的阿尔卑斯玫瑰的阁楼上真的存在着这样一个猎人，即便他与我当时坐在楼梯平台上想象出来的样子没有一点共同之处。我当时幻想的、后来又时常出现在我梦中的是一个身材高大的陌生人，头戴一顶羔羊皮制成的高筒圆帽，帽沿低低地拉到前额，身披一件宽大的棕色大衣，系一条令人联想起马的挽具的粗皮带。他的膝间平放着一把短小的弯刀，刀鞘的光已暗淡，脚裹在带马刺的长筒靴里，一只踩在翻倒的酒瓶上，另一只在地上微微抬起，后跟和马刺撞在木头上。我一次又一次地梦到他，至今偶尔还会梦见这个陌生人向我伸出手，而我会将所有的恐惧抛诸身后，离他越来越近，直到最终可以触碰到他。每次触碰后，我把右手的手指拿到眼前看，它们沾满灰尘，甚至变得漆黑，仿佛标志着世上任何东西都无法弥补的不幸。

直至四十年代末，鲁道夫·兰鲍塞克医生都在阿尔卑斯玫瑰的一间底层的房间执业，与咖啡室暨葡萄酒屋相对。战争结束后不久，兰鲍塞克医生带着苍白的妻子与两个十几岁的女儿费莉西娅和阿马利娅，从摩拉维亚一个我相信名叫尼科尔斯堡的小镇搬到了W。这对夫妇二人来说无异于被放逐到天涯海角。这个矮小肥胖、总是按照大城市的风格穿着的男子无法在W立足并不意外。他的脸庞阴郁而带异国色彩，或许用“黎凡特的”来形容最为恰当，眼睑总是低垂在大而黑的眼睛上，整个略显疏远的举止让人毫不怀疑他生来就注定要成为个伤心人。就我所知，兰鲍塞克医生在W的那些年里没能交上一个朋友。据说他怕见人，我也不记得曾在街上看到过他，尽管他并不住在阿尔卑斯玫瑰，而是住在教师宿舍，需要不时地往返于两者之间。尤其是这种近乎令人瞩目的缺席，让他与肯定已年过古稀的皮亚佐罗医生之间出现了最持久的差异，不论白天黑夜都能看到后者骑着他的尊达普750摩托在村子里穿梭，或者上下于周围的小山村。不论冬夏，随时准备好在紧急情况下为动物出诊，而且显然已打算死在摩托车鞍座上的皮亚佐罗医生，都戴着一顶有耳罩的老式飞行员头盔、一副大框摩托车护目镜，穿着皮衣，绑着皮护腿。此外，皮亚佐罗医生还有个二重身或者说影子骑手，已算不上最年轻的神父武姆泽很长一段时间以来也一直骑着摩托车去探望垂死的人，陈旧的帆布背包里装着完成最后仪式所需的一切：圣油、圣水、盐、一个银制的小十字架和圣体。这个背包与皮亚佐罗医生的那个可以说看起来完全一样。这也是为何有一次两人在阿德勒旅店的长凳上并肩坐过后会弄错背包，于是皮亚佐罗医生带着临终傅油的工具前往下一个病人家，而武姆泽神父背着医疗器械赶到了下一个快断气的教众身边。不仅背包，两人的外表也极其相似，以至于在村中的某个地方或村外的某条路上看到一个黑衣摩托车手时，根本不可能分辨出那究竟是医生还是神父，如果不是医生骑摩托车时习惯不把套在钉靴里的双脚踩在脚踏板上，而是为了安全计，拖曳在路边的砾石间或雪中，使得至少从前方或后方看，他与神父的身形略有分别的话。不难想象，要与两位 W 的世居者竞争，对于兰鲍塞克医生来说多么困难，所以与牧灵者和私人医生这两位几乎无所不在的使者相反，他宁愿尽可能闭门不出。然而，这并不是说兰鲍塞克医生没有享受到上门求医者对他的尊重。毕竟我经常听见母亲对兰鲍塞克医生的医术不吝赞美，尤其在与女帽匠瓦莱丽·施瓦茨聊天的时候。瓦莱丽住在邮政代办人的房子里，不像兰鲍塞克医生来自摩拉维亚，而是个波希米亚人，尽管身材矮小，胸部却极大，长大后我只在费里尼电影《阿玛柯德》的香烟店店主那里才再看过如此丰满的胸脯。然而，不论母亲和瓦莱丽如何盛赞兰鲍塞克医生，其他村民可能从未想过要去他那儿看病。如果出了什么事，他们就派人去找皮亚佐罗医生，这就是兰鲍塞克医生日复一日、月复一月、年复一年，大部分时间都独自坐在阿尔卑斯玫瑰诊疗室的原因。无论如何，每次随祖父去玛蒂尔德家，我总能透过半开的房门，看见他坐在没什么家具的房间的转椅上写作、阅读，或凝视窗外。有一两次我来到门边，等着他看到我，或者把我叫到他身边，但他要么从未注意到我，要么就是无法与一个陌生的孩子说话。一九四九年仲夏一个特别炎热的日子，祖父与玛蒂尔德在咖啡室里聊天，我在阁楼楼梯间最上面的台阶上坐了很久，听着屋顶横梁木的裂响以及其他一些从外头传进房子里的杂音，譬如圆锯时大时小的嘶鸣，或公鸡孤独的打鸣。在祖父的拜访时间结束前，我走下过道，决心去问问兰鲍塞克医生是否有办法治疗恩格尔旅店前主人日渐增大的恶疮。意外的是，诊疗室的门关上了。但我还是鼓起勇气走了进去。夏天的太阳透过窗前的椴树映入屋内，房间里的一切都沐浴在深绿色的光线中。我感到一种无边的寂静。兰鲍塞克医生和往常一样坐在转椅上，只不过他的上半身趴在桌子上，左手的袖子半挽着，头以一种奇异的角度枕在肘窝里，看起来大得离奇，黑眼睛一动不动地瞪着，略有些突出，但依然十分美丽。我小心翼翼地离开诊疗室，重新爬上楼梯间那块属于我的地盘，在那儿一直等到听见祖父和玛蒂尔德离开咖啡室。既是由于恐惧，也是因为无法再相信，我只字未向祖父提及自己在诊疗室看到的。回家的路上，我们还得去钟表师傅埃本托伊尔处取回祖父放在那儿维修的怀表。随着门铃叮当作响，我们很快就置身于小小的钟表店，许多落地钟、挂钟、厨房钟、客厅钟、闹钟、怀表和手表同时发出嘀嗒声，似乎单独一块钟表无法毁损足够的时间。当祖父与一如既往地将寸镜卡到左眼眶里[1]的埃本托伊尔谈论他的怀表出了什么问题，我隔着柜台望入昏暗的客厅，埃本托伊尔家最小的孩子、患脑积水的奥伊斯塔赫正坐在一把高椅上轻轻地来回摇晃。至于兰鲍塞克医生，当晚他的妻子在阿尔卑斯玫瑰的诊疗室里发现他已失去生命体征，浑身冰凉。没过多久，她便带着两个女儿离开了 W。后来有一次，我听到瓦莱丽·施瓦茨在一次谈话中悄悄告诉母亲，兰鲍塞克医生是个嗜吗啡者，这就是为何他的皮肤经常泛黄。所以在很长一段时间里，我以为出生在摩拉维亚的人都被称为嗜吗啡者，他们的故乡比蒙古或中国还远。

我们住在恩格尔旅店二楼的那些年里，每到傍晚时分，想去下面的酒吧帮罗曼娜擦桌椅、扫地，或是擦干

1 在头卡发明之前，修表匠需要将寸镜卡进眼眶里。

玻璃杯的念头总是准确无误地将我攫住。吸引我的自然不是这些杂务，而是罗曼娜本人，我想尽可能久地待在她身边。罗曼娜是一个佃农家的两个女儿中的长女，他们在贝伦温克尔租了一个矮丘上的农场，与其他农场相比就像个玩具，而且总让我想起圣经中的挪亚方舟，因为里面几乎所有的东西都成双成对——除了父母二人、罗曼娜与莉莎贝特两姐妹，农场里还有一头母牛和一头公牛、两只山羊、两头猪、两只鹅，等等。猫和母鸡倒有不少，它们在周围的地里坐着或跑来跑去。另外还有一群白鸽，不是在屋脊上来回跳跃，就是绕着小屋飞。四坡的木瓦屋顶在这个地区非常罕见，上面打满的补丁让小屋显得像一艘搁浅在山坡上的小舟。每次我经过那里，罗曼娜父亲那个老滑头，都会像挪亚一样从方舟的一个小窗向外观望，一边抽着他的方头雪茄。罗曼娜每天下午五点从贝伦温克尔过来，我经常步行到桥上，为了与她相遇。她当时至多二十五岁，在我眼里她的一切都格外美丽。她身材高挑，宽脸上一双水灰色的眸子，亚麻色的头发与哈福林格小马一样多。她在任何方面都有别于 W 的女人，这些农妇或女仆无一例外都矮小、黝黑、头发稀疏、刻薄。她是如此不合群，以至于尽管美丽动人，却从没有人向她求婚。如果晚上晚些时候，我又被差去楼下的吧台为父亲买一包祖班牌香烟，此时的罗曼娜会从容地在一大群通常在九点就已醉醺醺的农民和伐木工中间穿梭，仿佛来自另一个星球。晚上的酒吧让人担惊受怕，男人们坐在长板凳上两眼直瞪，若不是因为罗曼娜，我可能根本不敢走进这个恐怖的地方。偶尔这些僵坐的人中间，会有一个人起身，摇摇晃晃地走向通往走廊的门，就好像身处一条木筏上。油亮的木地板上积着一摊摊啤酒与雪水。浓厚的烟雾夹杂着湿皮革和罗登缩绒厚呢发酸的气味以及洒出的龙胆酒的味道，穿过酒吧间，最终飘向破旧的排风机。在涂着褐漆的壁板上方，貂、猞猁、松鸡、秃鹫以及其他一些已经灭绝的动物的标本，伺机实施它们早该进行的复仇。农民和伐木工几乎总是成群地坐在酒吧的这一头或那一端。正中央放着一个大铁炉，它在冬天的那几个月总是燃烧着，甚至开始泛出红光。唯一独坐着，不被其他人理会的是猎人汉斯·施拉克。据说他不是本地人，而是来自内卡河畔的科斯加滕，之前好些年在黑森林照管一大片猎区，没人知道他为什么从那里搬来W，在被巴伐利亚林业委员会录用前他已失业一年多。猎人施拉克长相英俊，有着深色鬈曲的头发和胡须，一双异常深陷的眼睛里蒙着阴影。他一坐就是几个小时，通常要坐到半夜，也不和人说话，只对着自己的酒杯。他的狗瓦尔德曼趴在他脚边，牵绳拴在挂在椅背的背包上。每次我下楼去给父亲买祖班牌香烟，猎人施拉克就如此坐在桌前。他的目光总是低垂着，落在眼前那块极为珍贵的金怀表上，好像不能错过某个重要的约会，然而他又不时透过半闭的眼睛去看罗曼娜，她正站在高高的吧台后不停地往烈酒杯和啤酒杯里斟酒。一个夜晚格外清晰地留在我的记忆中，那是十二月初，第一场雪刚刚落入山谷，晚饭后我走进酒吧，猎人并没有坐在他的位子上，令人费解的是，罗曼娜也不见了。我打算去阿德勒旅店买这五盒祖班牌香烟，于是穿过房子后面走到院子里。晶体在我周围的雪中闪烁，数不尽的星星在我头上的天空闪耀。无头巨人俄里翁[1]腰带上系着闪亮的短剑，刚从群山深蓝色的暗影中升起。我在冬天的壮丽中伫立许久，聆听着寒冰碎裂，以及天光在缓慢的轨道上的脆响。这时我突然觉察到，有片阴影在木棚敞开的门内移动。是猎人施拉克，他一只手抓着棚子的板条，像一个在黑暗中逆风行走的人，整个身体不断地以一种奇怪的、波浪般起伏的节奏移动着。在他的身体与他左手攥着的板条中间，罗曼娜躺在一堆泥炭草皮上，在雪光的映照下，我看见她那双眼睛，就像头趴在写字台上的兰鲍塞克医生一样，歪向一边。从

1　希腊神话中的巨人，海神波塞冬的儿子，喜欢在丛林中打猎，有一条忠诚的猎犬跟随，死后升上天空成为猎户座。

猎人的胸膛深处传来沉重的呻吟与喘息，他的气息在胡须上结霜，随着波涛涌上他的腰骶，他一次又一次地推入罗曼娜，而她越来越靠近他，直到两人成为一个无法分割的整体。我不认为施拉克或罗曼娜发现了我；看见我的只有瓦尔德曼，它像平时一样与主人的背包拴在一起，静静地站在他身后的地上，望着我。当天夜里大约一两点钟，独腿的旅店主人萨拉巴把酒吧里所有的东西都砸得粉碎。第二天早上去上学，我看见那里满地都是碎玻璃，足有脚踝那么高。一幅绝无仅有的毁灭画面。连刚安装的用于展示瓦尔德鲍尔巧克力的玻璃柜——因为可以旋转，它总让我想起教堂里的神龛——也被从吧台上拽了下来，甩到了房间的另一边。外面走廊上的情况也好不到哪儿去。萨拉巴夫人坐在通往地下室的台阶上，哭得死去活来。所有的门都敞开着，仿佛是为银行金库而建的冰窖大门也不例外，那里堆积如山的、为夏天贮藏的冰块正闪烁着蓝色的幽光。一看到打开的冰窖，或者更确切地说，一想到这一幕，我就不禁回忆起，每次与罗曼娜一起走进冰窖，我都幻想着我们被不小心锁在里面，然后在紧紧相拥中，如同冰在温暖中融化那样，缓慢而寂静地交出我们的生命。

到了学校，对我来说与罗曼娜同样重要的劳赫小姐在黑板上字迹工整地写下了多年来 W 遭受的灾难，下面用彩色粉笔画着一间燃烧着的房子。班上的孩子们弓身坐在乡土课程教科书前，时不时抬起头，眯着眼睛解读这些遥远而模糊的字母，逐行抄写一长串恐怖事件，然而，这些恐怖在这种记录形式中似乎具有一种镇静的作用。一五一一年,黑死病夺走了一百零五条人命。一五三〇年，一百栋房子被焚毁。一五六九年，大火烧光了整个市场。一六〇五年，一百四十栋房子在一场大火中灰飞烟灭。一六三三年，村子被瑞典人烧毁。一六三五年，七百名居民死于瘟疫。一八〇六至一八一四年，十九名来自 W 的志愿军在解放战争中阵亡。一八一六至一八一七年，过度降雨导致大饥荒。一八七〇至一八七一年，村子的五名年轻人永远留在了战场。一八九三年四月十六日，市场在一场大火中化作灰烬。一九一四至一九一八年，村子的六十八名年轻人为国捐躯。一九三九至一九四五年，我们有一百二十五人在第二次世界大战中丧生。蘸水笔的笔尖在纸上轻声地摩擦。穿着绿色紧身裙的劳赫小姐在课桌间来回走动。每当她靠近我，我感觉我的心都提到了嗓子眼。那一天，天就没有亮过。黎明一直延续到十二点，接着便转入漫长的黄昏。即使是现在，离放学只剩下半小时[1]，教室的灯就得打开了。与白色球形

1 当时德国小学一般 1 点 30 分放学。

灯泡一起映现在昏暗的窗玻璃里的，还有一排排弯腰做功课的孩子。在玻璃的镜像后面，几乎看不见的苹果树树冠，宛如海洋深处的黑珊瑚。整整一天，我们中间都弥漫着一种不同寻常的沉默。甚至当校役在前廊敲响下课铃时，我们也没有像平常那样一次不落地发出放学时的欢呼，而是悄无声息地起立，一言不发地收拾东西。劳赫小姐帮一两个困在厚冬装里的孩子扶正了背上的书包。

校舍建在村边的一座小山上，在这难忘的一天，我和往常每次走出校门一样，望向左边开阔的山谷，目光越过村中的屋顶，一直抵达树木茂盛的山麓丘陵，佐尔格施罗芬锯齿状的岩峰矗立其后。在一片暗淡的白色下方，房屋和农舍死寂，牧场、空荡荡的街道和小路平卧。在一切之上，灰色的天空逼仄沉重，仿佛大雪将至。如

果有人把头向后仰，长久地凝视着这无法穿透的虚空，直至疯狂的边缘，一定会觉得看见了雪暴的喷发。我走过教师宿舍和小教堂神父的家，沿着高高的墓地围墙来到它的尽头，圣乔治在那里无休无止地用长矛刺穿脚下狮身鹫首的鸟的喉咙。然后我不得不走下教堂山，穿过上街。铁匠铺传来角质烧焦的气味。锻炉的火早就熄了，到处是无主的工具，重锤、钳子和锉刀，或平放或斜靠。四下无声。W的正午是被遗弃之物的时间。圆木桶里的水，平素铁匠会随时将烧得发红的铁伸入其中，随即发出嗞嗞的响声，现在却如此宁静，敞开的大门在其表面投下一层微弱的反光，如此醇黑深沉，仿佛从未有人触碰过，又仿佛它注定要把这一完好保持下去。连隔壁理发师克普夫的那张剃须软椅也是空的。旋开的剃须刀搁在盥洗台的大理石台面上。自父亲回来后，我每个月都必须去克普夫那儿剪一次头发，再没有什么比用那把刚从皮带中抽出来的剃须刀刮我脖子上的细毛更让我害怕的了。这一恐惧在我心中深深地扎了根，以至于多年后，第一次在画中见到莎乐美手捧盛着施洗约翰被砍下的头颅的银盘时，我立刻就想到了克普夫。而且直至今日，我都要极力克制自己才能走进理发店的门。而几年前在威尼斯圣卢西亚火车站，我竟出于自由意志让理发师给我剃胡子，这对我来说依然是件完全无法理解的怪事。看到理发室时的恐惧在经过消费合作社的小橱窗时让位于希望，彼时店主昂辛夫人刚在那里用金黄色的萨内拉牌人造黄油小方块搭了一座金字塔，它是圣诞节前夕的奇迹，是 W 现在也要跨入的新时代的象征，每天放学回家路过时我都对此惊羡不已。与萨内拉小方块的金色光泽相比，在昂辛夫人的商店里能买到的其他东西，譬如箱子里的面粉、大马口铁罐里的油炸腌鲱鱼、腌黄瓜罐头、冰山一样的人造蜂蜜块、印着蓝色花纹的袋装菊苣咖啡，以及裹在湿布里的埃曼塔干酪，几乎全都笼罩在一层悲哀的暮气中。我知道萨内拉金字塔耸向未来，当我在脑海中将它搭建得越来越高，高得几乎可以触及天空时，我正身处的这条杳无人烟的长路的下方尽头驶来了一辆我从未见过的汽车。那是一辆紫色的豪华轿车，车顶浅绿色，车身宽大地向四面伸展，极缓慢地向我滑来，一点声音都没有。象牙色的方向盘前坐着一个黑人，或许因为我是他在这座偏离所有主道的村庄见到的唯一活物，驶过我身边时他朝我笑了笑，露出他同样象牙色的牙齿。在我们村的耶稣诞生像上，东方三博士中黑脸的那个就穿着一件带浅绿镶边的紫色斗篷，所以我毫不怀疑，在那阴沉的正午时分从我身边驶过的汽车司机，事实上正是光明之王梅尔基奥，他在那辆流线型紫色豪华轿车宽大的后备箱里放着丰厚的贺礼，有几盎司黄金、一个乳香罐和一个装满没药的乌木盒子。我对此的笃定也是因为，我的想象已深入到最微小的细节，当时我坐在窗前，看着从下午开始越下越密的雪不停从高处降落，直至黑暗降临笼盖一切，从柴堆、砧板、雨篷顶、醋栗丛、水槽到隔壁护士家的药草园。

翌日清晨，厨房里的灯还亮着，刚打扫完的祖父进来告诉我们，从容霍尔兹传来消息，说有人在靠近蒂罗尔一侧的一个峡谷底部发现了猎人施拉克的尸体，该地距离他的猎区有一个多小时的行程。他显然，祖父一边照老习惯，趁母亲不注意，把她每天为他煨在炉灶上的一小壶他所厌恶的牛奶咖啡一点点地倒在水池里，一边说，他显然是在穿过山涧时摔死的，那种地方即使在夏天都非常危险，更不用说几乎无法通行的冬天。祖父认为，施拉克肯定对自己的地盘了若指掌，不可能因为不小心而越过边界。可反过来说，若他有意走错路，谁又知道在这样的季节、这样的天气里，他要去奥地利做什么。不管从何种角度看，祖父总结道，这都是一桩神秘万分、令人不安的事。而我一整天都无法把它驱逐出我的脑袋。做作业的时候，只要稍稍垂下眼，我立刻就能看见猎人施拉克睁着受伤的眼睛躺在峡谷的底部。因此，中午放学回家的路上真正见到他时，我一点都不感到意外。我先听到了一阵轻柔的马铃声，接着在灰蒙蒙的空气与缓缓旋舞的雪花中，普法伊费尔磨坊主的灰斑白马拖着一架木制雪橇出现了，雪橇上盖着一条酒红色马毯，下面显然躺着一个人。铃声在长街的十字路口停下，因为给雪橇引路的磨坊主和随行的容霍尔兹宪兵仿佛约好一样，在路口遇见了骑着尊达普在齐膝深的雪中艰难前行的皮亚佐罗医生。医生显然对已经发生的事故有所耳闻，他关掉发动机，走向雪橇，把马毯拉开一半，下面确实躺着出生于内卡河畔科斯加滕的猎人汉斯·施拉克，他的姿势可以说有一种奇异的放松。灰绿色的制服没有一点破损，也未受到其他影响，若不是因为他的脸苍白得可怕，冻得打条且僵硬的头发和胡须结起了冰，人们很容易就认为施拉克只是睡着了。皮亚佐罗医生脱下黑色的摩托车手套，以一种不寻常的畏缩按压这具因为寒冷且进入尸僵状态已久而无法动弹的身体的各个部位，怀疑猎人从山上摔下来时显然没有死，因为他的身上没有任何伤痕。在失足的那一刻，他说，猎人很有可能因恐惧而失去了知觉，然后长在峡谷中的幼林阻止了他的继续下坠。死亡只是后来才发生的，极有可能是冻死的。宪兵赞同皮亚佐罗医生的推想，他说事故被发现时，可怜的瓦尔德曼还活着，而现在它僵硬地躺在猎人的脚边。照他的分析，猎人在翻越山岭前把他的腊肠犬放进了背包里，而在坠落的过程中，背包不知怎的从他身上脱落，掉在离他稍远的地方，从那里有一道足迹通向施拉克的遗体，旁边是腊肠犬在只有表面结冰的森林土壤中刨的一个浅坑。奇怪的是，当有人接近猎人和狗时，奄奄一息的瓦尔德曼突然变得极度狂躁，他们不得不就地将其射死。皮亚佐罗医生几次三番地俯身观察猎人，仿佛为雪花落在他脸庞却没有融化而着迷，然后小心地用马毯盖住这个不再活动的身体，与此同时，天知道是被什么东西轻微地动了一下，装在猎人背心口袋或裤子里的打簧表[1]被触发，播放起了歌曲《永葆忠诚与正直》[2]。男人们面面相觑。皮亚佐罗医生摇了摇头，骑上他的摩托车。雪橇继续前行，没有被任何人注意到的我继续走完回家的最后一段路。如今我得知，区医院为显然没有任何亲属的猎人施拉克的尸体做了尸检，然而除了皮亚佐罗医生已经断定的死因之外，他们并没有新的发现，只是验尸报告上引人注目地写着，死者的左上臂文着一艘小小的帆船。

圣诞节前夕，也就是遇见死去的猎人施拉克几天后，我得了重病，经皮亚佐罗医生及他请教的外地医生诊断，是白喉。我躺在床上，喉咙作痛，先是伤口的痛，最后是内部完全被撕开的痛，每隔几分钟，我就被剧烈的咳

1　打簧表的表壳边有按钮或拨柄，可启动一系列装置，用声音来报时。

2　摘自莫扎特的《魔笛》，它通过学校的赞美诗集广为传播。

嗽震动得胸口与全身俱裂。当病魔缠身，我的四肢有着一种无法理解的沉重，以至于我既抬不起头，也抬不起手与腿，甚至连伸手的力气都没有。我身体的凹陷处受到了如此大的压力，仿佛我的器官在被轧布机轧压。好几次我看见铁匠用铁钳将我烧红的心从锻炉中取出，先用浅蓝色火焰舔舐一番，再将其投入冰冷的水中。光是头疼就已让我游走于昏迷边缘，但直到病势达到顶峰，我的体温上升到临界点时，谵妄才让我从最严重的疼痛中解脱。仿佛置身沙漠中央，我躺在闪着微光的灼热中，嘴唇开裂变灰，舌头上满是咽喉腐烂的恶臭。祖父往我嘴里滴入温水，我感觉它缓慢地沿着破开的创口流入我的喉咙。在神志昏蒙之时，我一次次地看见自己从哭泣的萨拉巴夫人身边经过，沿着地下室的台阶，进入最深暗的角落，打开橱柜，里面的一个大陶罐里存放着腌了一整个冬天的鸡蛋。我把手连同前臂伸入白垩色的水面，几乎探到罐底，但令我恐惧的是，我感觉罐里储存的并不是在蛋壳里完好无损的鸡蛋，而是一些软绵绵的东西，当它们从我的指尖滑落，我立即明白过来，它们只可能是眼球。皮亚佐罗医生在我病发时就已命令将我的房间变成一个隔离病房，只有祖父和母亲才能进入；他还用微温的湿床单把我从头到脚裹起来，起初这对我有很大的好处，但很快就让我越来越恐慌。母亲每天要用醋水刷洗两次地板，隔离病房的窗户至少在白天得一直敞开着，因此有时雪几乎可以飘到房间中央，而祖父则穿着厚厚的外套坐在我的床边，头上戴着帽子。这场病持续了两个多礼拜，一直到过完圣诞节不久，而到了主显节，我都无法正常进食，只能吃一点面包，喝一点牛奶。隔离病房的门现在半开着，楼里的住客们轮流出现在门口，其中罗曼娜也有过好几次，他们惊奇地看着这个奇迹般死里逃生的孩子。一直到四旬斋，我才可以偶尔走出房门，但暂时还不能回学校上课。春天来临时，劳赫小姐每天负责照管我两个小时，自从可恶的班主任柯尼希重回学校后，她的代课生涯就此告一段落。她是林管员的女儿，所以每天十点左右我都去林管员的家。天气糟糕的时候，我和温文尔雅的实习女教师一起坐在火炉旁的长椅上；天气好的时候，我则坐在植物园中央可旋转的园亭，虔诚地填满练习本，希望这张由字母和数字组成的网可以永远缠绕着劳赫小姐。也是在那段时间，我觉得自己正以飞快的速度成长，仿佛到了夏天，我就可以与我的老师一起站在婚礼圣坛前。

到十二月初，我已在W逗留了大半个月，而在这么长的一段时间内，我几乎是恩格尔旅店唯一的客人。偶尔才出现一两个孤独的旅行推销员，到了晚上他们会在旅店的酒吧计算佣金和佣金率，从而完成一天的工作。

因为我也总是埋头在纸上，且与他们一样，只是偶尔才抬起头若有所思地看看远处，他们一开始可能也把我当成了旅行推销员，可在对我不相称的外表反复打量之后，他们可能觉得我从事的是其他的，而且我想，更加可疑的行当。比起此类目光，酒吧里为换季做的第一批准备工作更让我烦乱不安，我决定离开，尤其我的写作也已经到了要么必须继续下去，要么中断的时刻。第二天，经过几次换乘以及在吹着穿堂风的乡间火车站月台上的漫长等待后，我对一路上的经历什么都记不起来了，除了一个魁硕十足的男子的怪异形象，他确实过分高大，穿一套时髦却丑陋的民族服饰，宽面领带上缝着的彩色鸟羽在风中飞扬——就这样在第二天，W 已遥遥落在身后，我坐上了前往荷兰角港的特快列车，穿过总是令我无法理解的、每个角落都被收拾整理的德国乡村。一切似乎都以一种邪恶的方式平息和麻木，这种麻木感也随即攫住了我。我不想翻开买的报纸，也不想喝我眼前的矿泉水。田野从车窗两旁掠过；犁过的地里，浅绿的越冬作物如期发芽；小树林、采沙砾场、足球场、厂房，还有木格栅栏与女贞树篱后方，立着根据建筑规划不断连年扩张的联排或独栋住宅群。向窗外看时，我突然被一个奇怪的事实触动：尽管有足够多的汽车在被浓雾笼罩的潮湿公路上疾驰，却几乎看不到一个人影。甚至在城镇的街道上，车辆也远远比人多。好像我们人类已让位于另一个物种，或至少身陷某种囹圄。空调快车里同行旅客的缄默与我无法动弹的枯坐，不足以驱散这种揣测。顺便说一句，我不得不坦承，当我望着一片片被完全分割利用的土地时，上面这种念头根本未曾掠过我的脑海，相反，我的意识里——如果我那时真有的话，只是“西南德国”、“西南德国”这个词组，直到经受数小时逐渐加剧的折磨后，我才确信，某种类似颅神经瓦解的事情终于开始了。

直到火车驶入海德堡火车站，我受到的强迫才告解除，那里的月台上挤满人，让我立刻认为，他们是在逃离一座正在下沉或已经陷没的城市。走进这节半满车厢的最后一位新乘客是个年轻女子，戴棕色天鹅绒贝雷帽，留着卷发，我第一眼就认出她，正如我毫不怀疑地告诉自己的，是詹姆斯一世的女儿伊丽莎白，据史学家记载，她作为普法尔茨选帝侯的新娘来到海德堡，有过一段短暂而辉煌的宫廷岁月，被称为冬季王后。[1]这个来自十七世纪的年轻英国女子刚在自己的角落坐下且安下心来，就沉浸在一本名为《波希米亚的海》的书中，书的

1　普法尔茨选帝侯腓特烈五世曾当过一个冬天的波希米亚国王，被称为冬季国王。

作者我不认识，是个名叫米拉·施特恩的女作家。只有当火车沿着莱茵河畔行驶时，她才偶尔从阅读中抬起目光，侧望着窗外的河水与彼岸的陡坡。此时必定是刮起了强劲的北风，因为在灰色的潮水中逆流而上的驳船船尾的旗帜并非向后飘扬，而是像在儿童画里那样向前飞舞，这使得整个画面有些不对劲，同时也有些感人。外面的天色明显暗淡，直到只剩一片苍白的光弥亘着河谷。我走到过道上。板岩灰色和紫罗兰色的山坡葡萄园像是以针刻技法雕刻出来的，有的地方覆盖着绿松石色的保护网。车窗外的景色不断更换却基本没有变化，当逐渐开始的雪暴覆盖在这景色之上，并画出一道细细的、近乎水平的阴影线，我突然有种正在前往极北地区的感觉，仿佛我们离北海道的尽头已经不远。我暗自认为是冬季王后为莱茵河的景观带来了这种变化，现在她也来到了过道上，站在我身边端详了好一阵子美景，然后用一种几乎难以察觉的英语腔调念着如下的诗行，在我看来她是念给自己听的：

草地被雪拂白
面纱比渡鸦黑
手套玫瑰般软

面具覆盖脸庞[1]

当时我不知如何回应，也不知这首冬日诗的下一句是什么，尽管内心有许多感动，却无法表达，只是说不出话地傻站着，继续注视着逐渐消失在暮色中的世界，这让我日后很长一段时间都追悔不已。很快莱茵河谷就变宽了，平原上出现灯火通明的塔式住宅楼，火车驶入波恩火车站，我甚至还没能与冬季王后搭上话，她就已经下了车。此后我一再努力，并且迄今仍徒劳地试图至少找到《波希米亚的海》这本书；然而，尽管它对我而言无疑极其重要，可它没有被收入任何书目或目录，任何地方都没有。

第二天下午，回到伦敦，我的第一站是国家美术馆。因为馆内装修，我想看的皮萨内洛的画不在原来的地方，而被挂到了地下室一个照明不佳的房间，只有少数每天带着完全无法理解的表情在美术馆大厅里走动的人才会下来这里。那幅小画尺寸约为三十厘米乘五十厘米，被不幸地挤在一个过于沉重的上个世纪的金色画框里。画作的上半部分几乎被一个在蓝天的衬托下光焰四射的金色圆盘占满，充当圣母与圣子的背景。下方是从画的一

1 莎士比亚喜剧《冬天的故事》中的歌曲。

侧延伸至另一侧的深绿色树冠。左侧站着牧群、牧人及麻风病人的守护圣人圣安东尼，他身穿深红色的兜帽衫，披着一件宽大的土褐色斗篷，手执一只铃。一头野猪驯服地将全身紧贴于地面，趴在他的脚边，以示虔诚。隐士用凌厉的目光看着正对面容光焕发的骑士，后者散发出某种令人心动的世俗气息。长着翅膀的、蜷缩成一团的龙已奄奄一息。用白色金属铸成的精巧盔甲聚拢每一缕晚光。圣乔治年轻的脸上没有一丝愧色。脖颈毫无防备地暴露给观者。然而，整幅画最特别的地方要数骑士头上那顶做工异常精美、饰着一根大羽毛的宽边草帽。我很想知道皮萨内洛为何偏偏要为圣乔治画上这样一顶其实不符实情，甚至称得上古怪的头饰。戴草帽的圣乔治——真让人吃惊，或许凝视着骑士肩头上方的两匹骏马也在思考这件事。

我从国家美术馆走回利物浦街车站。因为不愿沿着河岸街与弗利特街走，我便从两条大道的上方绕过，在迷宫般的小街间穿梭。经过钱多斯广场、仕女巷与塔维斯托克街到达林肯律师学院广场后，再走过霍本环形交叉口与霍本高架桥，我终于来到了西伦敦的边缘。这段行程不会超过三英里，我却觉得此生从未像在这个下午一样走过那么多路。但我要真正意识到自己的疲惫，得等我站在地铁站的遮棚下，从地下世界散发出熟悉的甘美且充满尘土气息的温暖，一个普洛斯彼罗[1]式的卖花人在贩卖白色、紫色、粉色和铁锈红色的菊花，它们淡淡的香气向我袭来，宛如幻象制服了远行海上的划桨人。这时我意识到，每次我从这个地铁站经过时，从未见过有人在这里上下车。列车停下，门打开，人们看着空荡荡的站台，“注意间隙”的提醒声在别处因普遍的喧嚷而几乎无法听清，在这儿却异常响亮，而后车门再次关上，列车猛地往前一动。每次经过这个站时都是这样，其他乘客甚至连睫毛都不眨一下。显然只有我注意到了这个确实令我不安的事实。此刻我正站在人行道上，前面就是这座可疑的地铁站的入口，如果我想省去最后一段路程的麻烦，只需步入昏暗的前厅即可，里面除了一个坐在售票间的肤色极深的黑人妇女，一个人影都没有。也许不用多说，我终究还是没有走进这个地下车站。虽然我在门槛边，可以这么说，停留了很久，甚至和黑人售票员交换了好几次眼神，我还是没敢踏出决定性的那一步。

列车缓缓驶出利物浦街车站，途经被煤炱熏黑的砖墙，墙上的那些凹陷处使得它们在我看来总像一座冒出地面的巨大地下墓穴的一部分。随着时间的推移，上世

1 莎士比亚《暴风雨》中的公爵，会使用魔术。

纪砌成的砖墙的罅隙与裂缝之间长出了成片的大叶醉鱼草，众所周知，它们能忍耐最瘠薄的情况。我上次经过这些黑墙还是夏天动身前往意大利，稀疏的灌木丛正开着几朵花。我几乎不敢相信自己的眼睛，当列车等待信号灯时，我看见一只黄翅蝶在灌木间来回飞舞，忽而在上，忽而在下，忽而在左，但不曾停驻。不过这已是好几个月前的事了，我对此的记忆，正如我现在告诉自己的，或许只是出于我的一厢情愿。但我可怜的旅伴们无疑是真实的。他们早上出发时个个穿戴整齐，精神饱满，现在却像一支败军般瘫坐在座位上，在将目光移向报纸前，如同失明者一样定定地望着大都市的前庭。建筑荒地继续展开，远处耸立着三栋完全包围在脚手架中间的塔式住宅楼，绿色的防水布在风中晃动，而更远的西边地平线上，在明亮的天空条纹的映衬下，阵雨像一面巨大的黑纱葬旗，从覆盖整个城市的蓝黑色云层中泻下。列车变轨时，我可以回望这座城市的建筑奇观，它们远远地耸立在一切之上，最高处被平直的夕照镀上一层金。郊区飞掠而过——阿登和玛丽兰——我们很快就迎来了开阔的乡村。西面地平线上的光开始暗淡。傍晚的影子已经降落在树篱与田野上。我打开下午购买的《塞缪尔·佩皮斯日记》，那是人人文库于一九一三年发行的小号字体版，随意地翻阅着这部长达一千五百多页、跨越十年的记录，直到睡意袭来，并且不得不一遍又一遍地解读着同样的几行文字，却无法理解。然后，我梦见自己穿行于山区。一条铺满白色细碎石的路在森林中不断地蜿蜒上升，最后在山隘顶沿着一条深深的切口通向山的另一侧，在梦里，我认出那是阿尔卑斯山。我在高处看到的一切都是白垩色的，一种明亮耀眼的灰，无数石英碎片闪烁其中。这给我留下了奇异的印象，仿佛岩石也在放光。从我的位置看，沿着这条路往下走，远处还有第二座至少与第一座一样高的山，我预感自己无论如何都攀越不了。我的左边有一道真正令人眩晕的深渊。我走到路的边缘，意识到我从未俯看得如此深。那里没有一棵树，没有一丛灌木、一根残枝、一簇草，只有石头。云影掠过陡坡，穿过峡谷。此外无物移动。万籁俱寂，连植物最后的生命痕迹，最后一片沙沙作响的树叶或树皮碎片也早已消失，只有岩石静止地躺在地上。这时词语作为几乎要消失的回音，在令人窒息的空虚中返回——描述伦敦大火的片段。我看到它越发蔓延。它不是光，而是一团可怕、血腥、邪恶的烈火，随风横扫整座城市。数以百计的鸽子死在人行道上，羽毛被烧焦。一群劫掠者出现在林肯律师学院。教堂、房屋、木材和砖头，所有东西同时在燃烧。教堂墓地里的常青树着火了。猛然蹿射，劈啪作响，火花飞溅，焚烧殆尽。布雷布鲁克主教的墓穴被打开了。这就是最后时刻吗？一声沉闷的巨响。像空气中的波浪。火药库爆炸了。我们逃到水面上。反光环绕着我们，而在深邃而黑暗的天空下，锯齿状的火墙向上烧成一座拱门，很快就有一英里宽。而另一日，一场静默的灰烬雨向西落去，一直绵延至温莎公园。

–2013–

终